心理师 第②季

罪案直播

老甄 著

ZUIAN ZHIBO

2

SPM 南方传媒 花城出版社

中国·广州

图书在版编目（CIP）数据

心理师. 第二季. 罪案直播. 2 / 老甄著. -- 广州：
花城出版社，2022.5
ISBN 978-7-5360-9483-3

Ⅰ. ①心… Ⅱ. ①老… Ⅲ. ①长篇小说－中国－当代
Ⅳ. ①I247.5

中国版本图书馆CIP数据核字(2021)第166240号

出 版 人：张　懿
策划编辑：陈宾杰
责任编辑：杨淳子
技术编辑：凌春梅
封面设计 / 插画：荆棘设计

书　　名　心理师　第二季·罪案直播 2
　　　　　XINLISHI　DI'ER JI·ZUIAN ZHIBO 2
出版发行　花城出版社
　　　　　（广州市环市东路水荫路 11 号）
经　　销　全国新华书店
印　　刷　广东鹏腾宇文化创新有限公司
　　　　　（广东省珠海市高新区唐家湾镇科技九路 88 号 10 栋）
开　　本　880 毫米 × 1230 毫米　32 开
印　　张　10.625　1 插页
字　　数　220,000 字
版　　次　2022 年 5 月第 1 版　2022 年 5 月第 1 次印刷
定　　价　49.80 元

如发现印装质量问题，请直接与印刷厂联系调换。
购书热线：020-37604658　37602954
花城出版社网站：http://www.fcph.com.cn

目 录

引　子

有些情绪引导，是在你心中放置炸弹。

每个人的人生中，都会有或大或小的问题，如果这些问题被人利用，就会很危险。

积蓄已久的情绪，在特殊的机缘下，就会触发大的问题。

人生在世，总会遇到各种各样的问题，重点是怎么面对和处理。

遇到事情，一定要抓住细节，亲身验证。

|第一章| 女儿被掳

我盯着梁品茹手机中女儿被控制的视频——彤彤瞪着惊恐的大眼睛，很是害怕的样子。背景则只是一面闪着金属光泽的白墙，我完全没法通过背景进行任何判断。

梁品茹一脸高深莫测，笑靥如花地伸出那双白得如玉的小手，从我手中把她的手机拿了回去："甄老师，您女儿只是还不熟悉，有些害怕而已。但是您放心，我们会对您女儿很好的，不会让她受一点委屈的。毕竟咱们还是要合作的嘛，哈哈哈……"

我努力克制住内心深处把这双手砍断的冲动，咬牙切齿地对梁品茹说道："梁女士，怎样才能放了我女儿呢？你最好不要做出任何一丝一毫伤到我女儿的事情，否则的话，我一定会让你求生不得，求死不能。"

梁品茹突然咯咯咯地笑了起来，笑得花枝乱颤："甄老师真是沉得住气，难怪多多选择了你就把事情做成了。请放心，只要你把多多找出来，交到我们手上，我们立刻放你的宝贝女儿回家，而且我先前说过的5000万报酬照付不误。"

虽然之前早有心理准备，彤彤是被梁品茹绑架了，但是真的在视频中看到这一幕的时候，我还是止不住地心疼。理智告诉我，只有先配合梁品茹才能救出我的女儿彤彤，况且梁品茹为了威胁我，大概率不会真的伤害到她，我要做的就是尽快救出彤彤。

我平复了一下心情后继续问道："这世上所有的事情，都只能是尽人事、听天命。要是我尽力了，也找不到多多，你们又会怎么样呢？"

梁品茹对我抛了个媚眼，笑盈盈地对我说道："多多可是我们精心挑选出来的小姐妹，如果连甄老师都找不到多多，那么也许十几年后，甄老师的千金小姐就会成为下一个多多了。所以甄老师还是把自己的聪明才智都发挥出来吧，毕竟多多虽好，总不如女儿亲的。"

梁品茹从自己的手包里掏出一张名片，轻飘飘地放在我面前，对我说道："甄老师，有计划了就联系我。我还有事，先走了。"

梁品茹扭动腰肢，大摇大摆地出门而去。我、老周、章玫三个人面面相觑。我猛然感觉心头一阵狂跳，眼前一黑。章玫见我身体摇晃了几下，就要摔倒，连忙抢到我身边，一把扶住了我。

我一屁股坐在沙发上，缓了好一阵子，颤抖着手费了好大力气拿出放在裤袋里的皮夹，痴痴地看着皮夹里彤彤的照片，这个简单的动作在此刻变得如此漫长。照片的后面还有彤彤亲笔写下的稚嫩的文字"我最爱爸爸"。彤彤失踪以后，我更是有时间就翻开看看摸摸，仿佛这样孩子就还在自己身边。有一天晚上，皮夹被小偷偷走了，我着急地寻找，去警察局调监控不受理案件，去车站查监控找不到线索，最后还是通过老周才找到了皮夹。

大约过了半个小时，我终于从呆若木鸡的状态出来了，最后还是决定给前妻打个电话，询问彤彤失踪的详情，看看能不能找到线索，将彤彤救出来。

给前妻拨打电话，拨了几遍，都没人接听，我不禁火起，却又无可奈何。前妻的手机基本上就是BP机一样的存在，而且她继承了她父亲的性格，那就是虽然工作中也没什么实质内容，但只要是开会，或者和同事沟通工作，就算是家里着了火，亲人送了命，也不带接电话的。

我再次拨了几次，最后懊恼地放下，后悔自己当初没有听我家老太太的话，把彤彤的抚养权要过来，交给她养育。

我总觉得孩子小的时候，跟着妈妈长大总会更好一些，但是却忽略了前妻的性格。

章玫见我急得嘴唇都白了，接了杯温水，递到我嘴边，喂了我几口。

老周坐到我对面，思考了一阵子对我说道："老甄，你先冷静一下，我刚才总结了梁品茹说的内容，有几点很重要。"

老周这突然严肃的语气，吸引了我们所有人的注意力。老周顿了一下继续说道："第一，她反复强调了几次'我们'，这是不是说，她还有不少同伙；第二，多多是她们培养出来的，这是不是说，包括艾文、多多、梁品茹在内的这一群人，并不是简单的犯罪，而是一个复杂的犯罪集团。"

章玫把水杯放在茶几上，说道："那会不会是梁品茹故意那么说吓唬我们呢？要是真有个犯罪团伙，为什么还要处心积虑绑架甄老师的女儿，来逼迫甄老师出手找到多多呢？"

老周道："绑架和拐走一个小孩子，看起来挺简单，但是那也是人贩子去做才可能，一般的人想去绑架，并没那么容易。小孩子会因为害怕而喊叫、挣扎，更容易引起路人注意。更何况城市里天网监控系统基本上已经覆盖完整，只要能确定孩子的失踪地点，顺着监控排查，想找到孩子，比过去还是容易多了。所以你也不用太焦虑，只需要和你前妻确定清楚孩子的失踪时间和地点，那么我就有办法找到孩子的踪迹。"

我听老周说完，感觉心里踏实了些，因为我知道，老周是个没把握不会这样给人宽心的人。对于家里摊上案子的人来说，任何一句让人家家属有幻想的话，都可能给老周之后的工作带来无穷无尽的烦扰。

老周还提醒我，今天是工作日，彤彤还在上学，有可能是在学校走失的。随即我立刻给彤彤的班主任吴老师打电话。

吴老师听到我是彤彤爸爸的时候，焦急的声音中伴着一丝哭腔："彤彤爸爸，您终于联系我了，彤彤找不到了，您和孩子妈妈我们谁都联系不到，可快急死了。"

"您联系警察了吗？把事情经过跟我详细地说一下。"我说完这句话就打开了手机的录音和免提功能，让大家都听到，以免我忽略重要的细节。

吴老师说："学校已经在第一时间报了警，警察已经来这边取证调查了。今天彤彤班级去少年农庄活动，结果我在活动结束点名的时候，发现彤彤不见了，找了大半天了，都没有找到彤彤。彤彤妈妈的电话一直没人接听，她之前登记的您的号码也是空号。"

我说道："我大概知道了，您把具体方位告诉我，我在上海，这就搭乘最快的航班飞回去。她妈妈那边我也尽力去联系。"

我开始给孩子的姥姥打电话，她当时好像正在和她的老闺密们聊天，接我电话的第一秒就表现出嫌弃和不耐烦："甄瀚泽，有话就说，有屁快放，我闺女已经有男朋友了，你这个穷酸样赶紧死心吧！"

我忍着自己的恶心说道："孩子她姥姥，彤彤失踪了，你知道孩子妈在哪里吗？我联系不上她。"

她回应道："彤彤好好上课呢，你别咒我们。"就把电话挂了。

无奈之下，我只能在去机场的路上连续不断地给前妻打电话。

四个小时后，我们三人降落在国际机场，老周直接去机场的租车店租了辆车，我们直奔位于通州的少年农庄。

我们赶到少年农庄的时候，已经是晚上十点钟，老周再一次发挥了前刑警队长的优势，直接找到了辖区派出所的指导员。

吴老师也联系到了前妻，此时她正在少年农庄的办公室里，着急地来回踱步。她见到我之后，扑到我身上，脆弱地哭了起来："瀚泽，彤彤不见了，该怎么办？"

我和前妻虽有诸多矛盾，但也是初恋情怀。虽然分开了，可我现在见她如此脆弱，也忍不住一手揽住她的肩头，另一只手轻拍她的后背，安慰她道："我会想办法的，你先冷静一下。"

前妻哭了一阵子，这才情绪和缓一些，直起身来。她见到老周，和老周打了个招呼，随后打量了章玫几眼，问老周道："老周，这个女孩子是你的女朋友？"

老周干咳两下，不知怎么回答。章玫接过前妻的问题，自我介绍道："张女士，您好。我是甄老师的助理，我叫章玫。"

前妻再次从上到下打量了章玫几眼，又狠狠地瞪了我一眼，说道："老甄，离婚之后，你还真是长本事了啊。但是彤彤也是你的女儿，你就是拼了命，也得先把你的莺莺燕燕放下，把女儿找回来！"

老周和辖区派出所指导员打了招呼，两个男人有意走到了屋外，小声说着什么。

章玫看这气氛不对，识趣地找老周探听消息去了。我把前妻扶到沙发边坐下，最后还是把梁品茹对我的威胁咽了下去。

梁品茹毕竟心狠手辣，要是我克制不住，通过警方控制她，而绑架控制彤彤的人，又不是梁品茹直接掌握的，那么就算我们抓了梁品茹，彤彤反而可能更危险。所以这件事，还不如我一边应付梁品茹，一边通过老周的信息网络悄悄地寻找。

前妻坐在沙发上着急地哭了起来。我虽然心情烦躁，但是终归还是冷静下来，决定先想办法。

就在这时，老周出现在门口，对我招了招手，示意我出去，他有话对我说。

第二章 | 失踪密室

前妻看了看老周，又看了看我，本来欠起身子，打算和我一起过去，但是最终还是坐了回去。

我走出门，老周和辖区派出所指导员在外面，待我走到院子中，老周这才对我说道："我和蒋指导员把少年农场这两天所有的监控都调查了一遍，没有发现任何可疑。直到回城集合的时候，彤彤老师才发现彤彤不见了。"

蒋指导员说道："甄一彤所在的班级，是小学四年级，孩子已经10岁，具备基本的辨别能力和判断能力，陌生的成年人，想要冒充熟人，或者欺骗的方式，把这个年龄段的孩子骗走几乎是不可能的。我们调查了所有的监控，在整个山庄中都没有发现成年人靠近甄一彤所在班级的痕迹。"

老周点头道："对。所以彤彤最有可能的是被人通过药物麻醉或者暴力胁迫等手段控制，但是我们在整个监控中，都没有发现可疑人物。而且整个农庄的监控是没有死角的，目前从监控中来看，没有任何线索。"

蒋指导员继续道："今天整个农庄，全部是甄一彤学校的师生，而且农庄也没有机井等暴露在外的危险所在。"

我说道："彤彤不可能是凭空消失的，如果没有可疑的外来人员的话，就有可能是内部人员搞鬼。"

蒋指导员"嗯"了一声，回应道："我们也对农庄所有的工作人员调查问询过，农庄工作人员都是分成两三人一组工作，而且工作时间，都在自己的岗位上，不存在单独脱岗的情况，因此，内部工作人员的嫌疑可以排除。"

老周和蒋指导员对视一眼，对我说道："老甄，你也知道，这种失踪案子，黄金破案时间就是三天内，这边老蒋他们也是尽力了，剩下的还是需要线索。"

我明白了老周的意思，公安部门警力有限，对失踪案子，如果在三天之内没能找到有价值的线索，就只能等线索出现，然后再介入调查。而这些线索，大部分都是受害人家属提供的。受害人家属得到线索的路径，要么就是悬赏征集，要么就是通过老周这种调查公司去找。要是在一定时间内还找不到线索，那么想把失踪人找出来的概率就非常低了。

而且我也读懂了老周的另外一层意思，那就是梁品茹手机里的视频，但是我和老周也都明白，就算我们带着警察去抓住梁品茹，也找不到任何证据。梁品茹远没有看起来那么简单，她有胆量把视频拿给我看，就已经做好了各种准备，如果我贸然带人去控制梁品茹，那么彤彤可能更加凶多吉少，所以这个线索，我们还没法直接提供给警方利用。

蒋指导员把情况给我介绍完，对我表达了同情和尽力之后，告辞离去。老周递给我根烟，对我说道："我已经安排了人，24小时跟踪梁品茹，看看能不能找出什么线索来。现在还没有回应。"

我心情焦虑烦躁，狠狠地吸了口烟，直到感觉到气管和肺都疼了一下，这才把那口烟吐了出去，对老周说道："老周，你把这里的监控都拿到了吧，我要自己把所有的监控都看一遍，看看能不能找到其他线索。"

老周从口袋里掏出一个移动硬盘，对我晃了晃，说道："7天内所有的监控我都已经拷贝过来了，我和你一起看，看看能不能找出线索来。"

我回到房间，劝说前妻先回去，我自己会动用一切力量寻找彤彤失踪的线索。前妻虽然焦急难耐，但是也清楚警方的办案流程，知道这种事着急也于事无补，而且她对我的推理破案能力也是心中有数，最终在我的安抚劝说下，先去了农庄提供的客房休息。

我和老周也回到了相对安静的客房，开始从监控录像中寻找线索。章玫本来也在我们身边一起观看，但是终于熬不住了，在客房的沙发上睡过去了。

从监控中寻找线索，说难也难，说易也易。如果是谋杀案一类的，需要在监控中寻找碎片化线索，那就非常难，需要在被害人死亡时间内，反复观看监控；除非犯罪者破坏监控，或者躲开监控。

而对于彤彤失踪的这种案件，通过监控寻找线索，则相对容易。只需要通过彤彤在监控中的运行轨迹来寻找线索就可以了。

我们从彤彤所乘坐的学校统一安排的大巴车到达的监控开始看起。从监控中可以清楚地看到，彤彤和同班的小学生一起分成两队，两人一组，在带队老师的带领下，从农庄大门走了进去。

我们对照着学校提供的活动行程表，在监控中寻找着彤彤活动的轨迹：彤彤和其他同学一路参观活动，在中午的时候，还在农庄的小餐厅和其他师生一起，吃了一顿粗粮午餐。

下午三点的时候，老师宣布，小学生可以自由结组、自由活动。这个时候，彤彤和另外一个梳着马尾辫的小女孩手拉手，去农庄小迷宫探险了。

梳着马尾辫的小女孩名叫王悠悠，是彤彤在学校的小闺密。警察也询问过王悠悠，王悠悠提供的口供说，她和彤彤进入农庄小迷宫之后不久，彤彤就很高兴地去探险了，然后她的另一个同学王琦喊她一起去上厕所，她就从门口出来了。

我和老周把这段监控反复查看，在大概20分钟之后，彤彤从小迷宫出来。随后，在四点钟的时候，所有的小学生都在农庄的小广场里集合，也就是在这个时候，老师发现彤彤不见了。

我们把这段时间的整个监控录像都仔细地反复看了几遍，试图在124名小学生中，把彤彤从小迷宫出来后所有的运行轨迹都找出来。但是我和老周却发现了蒋指导员所说的问题——彤彤好像突然间消失了一样。

我也接触过不少密室失踪的案例，可这次是在一个开阔的广场中，一个孩子，在全体师生都集合的节骨眼无声无息地消失。

我随后在监控里看到了彤彤的班主任焦急地发动所有师生，在广场附近寻找的场景了。

我和老周看监控看了整整一夜，章玫已经从沙发上爬了起来。章玫凑到我们身边，对我说道："甄老师，有没有我能帮忙的，我可以看一看监控，看看能不能发现什么。"

老周对章玫解说道："关于这个小迷宫的视频，我和老甄仔细数过，从彤彤和她的小伙伴王悠悠进迷宫开始，一共进去了九个孩子，而老师开始集合的时候，也一共出来了九个孩子。我们从监控中也看到彤彤从迷宫里走了出来，但是在点名的时候，彤彤确实不见了。"

|第三章| 章玫发现

我打开水龙头，让冷水冲到身上、脸上，再慢慢地冲到头上，一开始感觉冷极了，但是很快身体就适应了冷水，开始暖和起来。冷水一激，我整夜的疲倦都暂时一扫而空。

我洗完冷水澡出来，走到监控跟前，老周也疲倦地不断打瞌睡。老周见我过来，对我说道："我得去睡一会儿了，老甄，我能理解你的心情，但是我建议你也去睡一会儿，至少我们现在能确定彤彤不会有生命危险。而且我们也能确定彤彤是在谁手里，只是我们没法确定彤彤到底在什么地方，到底是怎么被掳走的。"

老周说完，揉着腰背转身离开，章玫却眼都不眨地盯着电脑屏幕。我去饮水机上接了两杯温水，一杯递给章玫，另一杯我自己喝了几口，感觉舒服多了。

章玫接过水，扭过头来，对我温柔一笑，道："甄老师，您居然给我也倒了温水，好暖啊。"

我苦笑道："这些日子以来都是你照顾我，我照顾你的少了。不然怎么我给你倒了杯水，你就觉得我暖了呢？"

章玫安慰我道："甄老师，其实你挺好的，昨天你安慰你前妻的时候，我就感觉到你是个特别好的男人了。"

我实在没有心思回应章玫的试探，只是淡淡地对她说道："你看这个视频，有什么发现吗？"

章玫把监控视频拖到了彤彤进到小迷宫的时间段，对我说道："甄老师，我发现个细节，需要您确定一下。"

章玫把监控截图，把鼠标移过去，对我说道："甄老师，您看，彤彤进小迷宫的时候，她的手里拿着一只猫头鹰公仔。这只公仔你知道吗？"

我回答道："那只公仔我当然知道，那是我送给她的生日礼物。彤彤睡觉都要抱着的，平时都不离手的。"

章玫点点头道："小女孩就是这样的，我小时候，也要抱着自己的娃娃不撒手的，脏了都不肯洗，因为那是我最好的朋友。"

章玫又把监控进度条移到了彤彤从迷宫里出来的镜头，同样截图放大，对我说道："甄老师，您看，彤彤出来之后，她是空着手的，她的公仔不见了。而且，还有一点很重要。那就是从小迷宫出来的彤彤，始终是把学校发的小红帽压得很低，我们看不清她的脸。她的穿着和书包，包括那两条小辫子，都是一样的，可问题就是，出来的彤彤手里没有了她的猫头鹰公仔。"

我吃惊道："你的意思是，出来的彤彤，是别人假扮的彤彤，不，应该是说，是另外一个未成年人假扮的彤彤。"

章玫说道："从小孩子的角度来说，如果认定了那个公仔是她的好朋友，她绝不可能撒手的。"

我问章玫道："你现在累不累？和我去广场小迷宫的现场看看。"

章玫摇摇头担心地说道："我睡了一夜，当然不累。倒是甄老师你一定要注意身体啊。"

我和章玫走进小迷宫，这迷宫是在一间不大的房子里的，迷宫也只有三条岔路，就是小孩子的娱乐，这个小迷宫很快就能走出来。因为迷宫是建在室内，农庄为了通风，在后墙上开着几个方形的通风口。从通风口的高度来看，成年人是肯定钻不过去的。

我和章玫把迷宫中所有的角落都找了个遍，也没有找到彤彤的猫头鹰公仔。

我们走出迷宫，仔细观察广场中的监控摄像头，发现摄像头能够覆盖整个广场，也就是在老师点名的时候，任何孩子从广场离开，都是能通过监控看到的。但是，广场边上有几棵茂盛的柳树，柳树条可以挡住居高临下的监控。但是柳树所占的面积毕竟不大，也就是说，如果彤彤是从柳树这边不见的，那么从监控中还是能够看出端倪的。

我盯着柳树，猛然想起另外一种可能。我拉着章玫快步走到小迷宫跟前，对章玫说道："章玫，来帮我个忙，你来模拟彤彤，现在进去假扮成彤彤出来。"

章玫很快就明白了我的意思，手里拿着一根树枝，模拟彤彤一直拿着的猫头鹰公仔，走进了小迷宫。随后，章玫空着手，低着头走了出来。

我对章玫说道："你现在想象这个广场上都是其他小朋友，你钻来钻去，然后趁机藏在了柳树后面。"

章玫左转右转，低着头，悄悄地走进了柳树枝条后面。我对章玫说道："你现在想办法换掉伪装，变成你自己，然后走出来。"

章玫藏在柳树条后面，把披散的头发扎起了辫子，随后从柳树条后走了出来。

我对章玫说道："如果那个冒充彤彤的未成年人在点名的时候出来，那么她一定会脱掉校服，然后做出走错集合点的样子，大摇大摆地离开。所以我们再次去看监控，看看有没有人在点名前后从这个广场离开。"

章玫点点头道："甄老师，你说得对，如果能确定这一点，那么监控中，一定会有一个小朋友离开了。"

我们回到房间，再次打开监控，果然看到一名没有穿校服，而且头发也束成了马尾辫的和彤彤差不多身高的小女孩，沿着广场边悄悄地溜走了。我们顺着监控追踪这个小女孩的踪迹，发现这个小女孩进了农庄的一处偏僻的女厕所，然后就再也不见了。

我把老周和前妻喊过来，告诉他们我的发现。于是，我们一起找到农庄的负责人，他带我们进女厕所之后，发现这个厕所是还没有改造的旱厕，为了通风，也有个不大不小的窗户对着墙外，而墙外就是种满了庄稼的耕地。这个窗户成年人钻不进来，但是视频中的小女孩是肯定能爬出去的。

我们再次回到了小迷宫，确认迷宫的通风口后面也是农庄外侧的耕地。我们确认了彤彤就是在小迷宫里出事的，这么小的通风口肯定不是成年人能操作的。那么把彤彤从通风口弄出去的，一定也是未成年人。所以这两侧外面的耕地中，肯定会留下痕迹。

我们在农庄负责人的带领下找到了一处矮墙，跳墙出去，走到了小迷宫外侧的耕地，还有那处旱厕外的耕地。在这里，我们发现了几组不同的脚印，老周把这些脚印都拍了下来。

我们顺着脚印走出了庄稼地，在一条村里的土路上，找到了清晰的汽车轮胎印记。老周把轮胎印都拍了下来之后，我们顺着车轮印走了差不多两公里，才走到了连接土路的村里的柏油小路上。

老周把位置标记好之后，农庄负责人打电话，叫人开车来接上我们，顺着柏油小路，寻找着路上的交通监控。

我们分别在两个方向各行驶了10公里左右，才找到了交通监控。老周把这两个交通监控的编号和位置都记录清楚，我们再次回到了农庄。

这一路下来，手机都已经没电了，我回到房间给手机充上电，打开手机，一条微信消息跳出来："老甄，真是对不住，没想到你女儿受到了连累。要是你信得过我，我们见一面吧，见面地点晚点发给你。多多。"

第四章 峰回路转

这条微信的确是多多发过来的，没想到她成功脱身之后，居然还没有删掉我。

我想着梁品茹用闺女威胁我做的事情就是对付多多，当然最主要的就是追回多多转移走的那十多亿元财产。

我本来还毫无头绪，因为多多成功脱身，逃到海外，最佳选择是就此销声匿迹，再不出现，我们在茫茫人海中找一个人，难度简直如同登天。

现在多多居然主动发消息给我，还要和我见面，我要不要趁机控制多多，然后用她来找回女儿呢？

我盯着手机，并没有回复。多多的消息再次传来："我知道你的女儿被她们控制了，我有办法帮你把女儿救出来。"

我大吃一惊，奇怪怎么多多能知道我女儿被控制的事情。我快速地回复道："多多，你在什么地方见面比较方便？"

　　多多回复消息道："你已经回到北京了吧，咱们在上次的那个别墅区见面吧。对了，要是可以的话，最好还是你自己来，有些话，我只想单独和你说。"

　　我心中生出一丝警惕，但还是回复道："好，什么时候？"

　　多多回复道："你到这边，需要多长时间？要是快的话。"

　　我回答道："差不多一个小时。"

　　多多回复道："那你要是方便的话，现在就过来吧，到了之后，再联系我。"

　　我稍作思量，还是找到了章玫，告诉她我有了女儿彤彤的线索，但是我只能自己过去，要她和老周以及我前妻说，我要把自己关在房间里，把彤彤失踪的过程仔细捋清楚。

　　章玫看着我的眼神中流露出了担心，但还是忍住了没说出来，而是默默地点了点头，对我说道："甄老师，你有事一定要联系我。"

　　我用手机约了辆车，在车上的时候，我感觉到了一夜没睡的困顿。有好几次都迷迷糊糊地要睡着了，但一想起彤彤那天真无邪的笑脸猛地大喊："爸爸，快来救我，我好害怕，这里好黑！"我就惊醒过来。不知不觉，网约车停到了别墅区门口。

我站在金碧辉煌的豪宅小区门口，感觉脑袋发蒙。我知道这个小区，没有内部的业主通知门卫是很难进去的。所以我给多多发了条微信，说我到了别墅区门口。之后，我点了根烟吸了起来，好让自己清醒一些。

多多很快给我回复了："稍等，我马上就过来。"

我吸掉大半根烟之后，多多的身影出现在了小区门口。多多戴着个大墨镜，在小区大门口朝我招了招手。

我把剩下的烟狠狠地吸了一大口，整口烟气在我的肺里乱窜，把我呛得剧烈地咳嗽起来。我大口呼吸了几口空气，同时走到了别墅区门口，多多并没有在小区门口和我多说话，只是帮我刷了门禁卡，在我前面引路。

我在多多身后默默地跟着，她不说话，我也就不问了。很快，我和多多走到了一座户型较小的二层小别墅门口，多多打开指纹锁，邀请我跟了进去。

一进门就是客厅，客厅不大，但是温馨素雅，阳光充沛。多多把门关好，这才开口对我说道："老甄，你先坐下。我知道你想知道许多事情，我也想告诉你很多事情。今天就让我好好给你讲讲。"

我已经疲惫不堪，一屁股坐在了沙发上。我刚一坐下，手机传来了微信消息的提示音，我拿出手机，解锁查看，正是章玫："甄老师，你到了地方了吗？把定位发给我吧，要是你遇到什么麻烦，我好找周叔叔去救你。"

　　多多见我查阅手机消息，对我莞尔一笑，说道："肯定是章玫小妹子担心你了？"

　　我给章玫发了个定位，回复消息道："我很安全，放心。"

　　章玫回复了个"好"的表情。

　　我对多多问道："你不是出国了吗？怎么会在北京？"

　　多多坐在我的对面，说道："这个原因很简单，老甄你应该能想到的。"

　　我稍作思索："你的目的是让所有人都以为你去了国外，就算有人想找你，也会首选去国外追查，但是却想不到，你并没有出国，而是躲在国内。这样声东击西，真是巧妙。"

　　多多微笑道："我就知道以你的机智，肯定能想明白的。这套房子是我用一个朋友的身份证买下的，所以任何人都追查不到的。"

　　我对多多说道："你应该是在朋友帮忙下买的，买下这套房子的时间，就是咱们一起去付家村的时候。"

多多说道："老甄就是老甄，这么快就都想到了。我在这个小区自杀被救的时候，就想到这个计划了。因为我确认了，我能遇到的人中，也只有你能帮助我对付艾文那群人。"

我听到"那群人"的时候，眉毛不由自主地挑动了下。我扫视了多多一眼，问道："那群人？你是说艾文和梁品茹？"

多多眼中流露起深意，对我说道："梁品茹终于被你们发现了。对，没错，她们是一伙的。"

我盯着多多的眼睛，问道："那你是怎么知道我女儿的事情的？"

多多面色一正，对我说道："我在整理艾文遗物的时候找到了一个移动硬盘，也正是因为这个移动硬盘的内容令我感到恐惧，我才决定把自己藏起来。同时，我还发现了他和梁品茹的微信聊天记录，在记录中，她们在想办法对付你，其中有一点，就是用你的女儿逼你就范。"

我问道："那个硬盘里有什么内容让你这么害怕？关于我女儿，你有什么线索？"

多多对我说道："我还是拿给你直接看吧，我已经都拷贝到了笔记本电脑里，这就拿过来，你自己看。"

多多起身离开了客厅。过了一两分钟，多多捧着自己的笔记本电脑走了过来，然后坐在了我旁边。为了让我看笔记本电脑的屏幕方便，她坐得离我更近一些。

多多点开一个文件夹，对我介绍道："就是这个文件夹。这里面有一些资料，有视频，有照片，是一些孩子在一个封闭基地被训练的内容。艾文在基地里负责讲课，讲述如何利用孩子的天真，去取得成年人的信任的课程。我在这个文件夹里，找到了艾文准备好的课件。"

我在多多的介绍下把文件夹里的内容都浏览了一遍，果然发现了艾文的课件资料。课件内容中都是如何利用成年人的同情心，取得信任。其余的几篇，则是告诉小孩有关成年人的阴暗心理的课程，特别是一些成年人对未成年人的伤害案例。

多多见我已经看完，对我说道："如果你的女儿被她们绑走的话，她们关押你女儿的地点，最有可能的就是这个基地。想要一个小孩子迅速地消除抵抗心理最好的办法，就是把她放到一群小孩子中间，让这些孩子给她陪伴的同时，由同龄人对她进行洗脑。"

我问多多道："艾文他们为什么会有这么一座基地呢？而这样多的未成年人集中在一起，在国内最好的伪装方式应该就是孤儿院了。"

多多思索了一阵子，对我回答道："我想，事情可能没那么简单。从艾文的这些资料来看，艾文也只是其中一个不太重要的角色，那么艾文和梁品茹背后是不是有更为庞大的势力集团，我们都不能确定。这个基地也许就是为了培养做这种事的人。"

|第五章| 死亡真相

我继续问多多道："你能查到艾文他们这个地方吗？"

多多摇摇头道："我自己肯定是没能力查到的，只能是通过艾文的遗物找到些线索。要想通过这些线索找到那个基地，肯定需要你和老周去找出来。"

我继续问道："那为什么你要我单独来见你呢？"

多多回答道："因为我还不想让我还在国内的消息走漏出去，我知道自己对付不了梁品茹她们。而且就我现在来说，唯一能够信任的人就是你了。"

多多说完这番话，眼睛闪动了一下，眼神中流露出情愫来。这样的眼神，我除了在前妻脸上没有看到过之外，在章玫的眼神里见到过最多，现在又在多多眼中看到了。

但是多多，我看不懂，也看不透。虽然她的眼神也很诱人，我还是把心头的冲动压了下去。我轻轻地深吸口气，问道："艾文那天当街自杀，也就是我被老周打晕的时候，究竟发生了什么事情？"

多多看我的眼神中柔情蜜意逐渐消失，变成了恐惧："其实那天，我也不知道为什么艾文会当街自杀。我只记得，老周对你突然暴怒起来，然后把你打晕，我当时很担心你。再之后，我就听到了人群中更大声的尖叫声，随后，我就看到艾文倒在了血泊中。"

到目前为止，所有相关的目击者都回答我，艾文是突然当街自杀的。

虽然我总是感觉艾文死亡这件事，背后肯定有着极为凶险的原因，但是现在我得先把我女儿彤彤解救出来。不管是多多真不知道，还是知而不道，我也暂时顾不得了。

多多见我好一阵子沉默不语，对我说道："我因为知道了艾文想对我谋财害命，所以当时所有的心思都是如何拿回我自己的钱，以及保护自己不被艾文害死。但是不管怎么说，我对艾文还是有感情的，所以，当我看到他抽搐着倒在血泊里的时候，还是不由自主地想救他；但是我一想起他对我所用的心机，还有他和梁品茹的事情，就停下了。就在那一瞬间，艾文在最后的抽搐中，应该是看到我了，他的眼光是盯着我的，而且他还在努力地对我说着什么。不过人声嘈杂，他又太虚弱，我只是模模糊糊地听到，好像是'童年'两个字。艾文说完这两个字之后，就彻底咽气了。"

"'童年'？"我奇怪道，"你确定听清楚了吗？"

多多重重地点点头道："虽然声音很小，而且外界很是嘈杂，但是我可以确定，艾文临死前说的就是那两个字。只不过我在当时，一方面担心你出危险，另一方面，心里头想的都是要尽快把钱拿回来。所以，艾文临死前说的这两句话，我就暂时忘记了，要不是老甄你今天提起来，我估计这件事已经封存在我的记忆深处了。"

我对多多说道："任何一个人在死亡之前想表达出来的信息，要么是他在心中难以释怀的内容，要么是他要努力传递的有用的信息。那么这'童年'两个字，还真是难懂。我现在因为女儿，心乱如麻，也没精力去管这些了。多多，你今天叫我过来，还有其他对我有帮助的信息吗？"

多多对我说道："嗯，对不起，老甄……其实，我是想和你商量咱们联手对付梁品茹的计划。我知道，艾文和梁品茹才是一伙，艾文的那一大笔钱，是和梁品茹一起谋来的，而这笔钱的背后还有十几个无辜女人的冤魂。所以我动了他们这笔钱，她们一定会想方设法把这笔钱追回去的。而且，我也猜得到，她们一定会去找你的。正是在你的帮助下，我才能破了艾文和她对付我的绝杀局，而且艾文名下的财产还在最快的时间内变更到了我的名下。所以，她们必然会想方设法找你来出手对付我。"

我反问多多道："那你怎么就能判断，我不会和梁品茹合作呢？"

多多的脸上浮现出了自信的神色，对我说道："因为我了解你的人品啊，虽然我们也是合作关系，但是毕竟我们也是朋友，所以你肯定不会因为利益就会做出这样的事情来。而且她们为了双保险，要真是用你的女儿来逼迫你就范的话，我估计你一定下决心对付她们了。"

我接过多多的话回应道："所以，你给我发的头几条微信是要确认，梁品茹她们是否用我的女儿彤彤来威胁我？如果没有，那么就还不能判断我是否可信；如果梁品茹真的触碰了我的家人，那么我就肯定要和你合作了？"

多多的脸色毫无波澜："我已经习惯你这样子了，就好像我的所有心思，你都能看穿一样。那么，你说说我打算怎么和你合作呢？"

我苦笑一声道："你的心思不难猜，但是我的女儿却不好找。你的合作方案很简单，你要藏在暗处，然后通过我给梁品茹传递假消息，引诱她上钩，再实际控制她，最好把她送到地狱，或者监狱，这样我能救回女儿，你也能安全脱身。毕竟不管艾文的那些钱是怎样的黑钱，但是没有案发，那就是干净的钱，所以只要追着艾文这笔钱的人或者人们折了，这笔钱在你这儿才算是高枕无忧，才算是安全可靠。"

多多秀眉挑了两下，眼神中又再一次流露出了情愫："其实，还有另外一个原因，那就是我发现，我已经爱上了和你在一起工作破案，找出真相的感觉了。这次，我们又可以在一起查找真相了。但是，为了保证我是绝对藏在暗处，不会走漏消息，所以，我希望我还在国内，而且我还要和你合作对付梁品茹的情况，连老周和章玫都不能知道。"

我虽然对女人的情愫不太敏感，但是女人在情感中的心思，我还是能判断出来的。多多的这个安排，早晚都会暴露在老周和章玫面前。对于老周来说，多多这样的态度就是无声的拒绝，而且把希望的大门关得死死的；而对于章玫来说，我和多多的关系的亲密程度难以揣测，那么她可能因为自己放大猜测，也就放弃了我。对我来说，只要目前能够在最短的时间内救出女儿彤彤，就是刀山火海也得接下来了。不可否认，我和多多里应外合，设个局对付梁品茹，的确是胜算最高的操作方式。

我一念至此，对多多挤出一丝笑容，说道："衣不如新，人不如故。梁品茹用我的女儿彤彤威胁我，也的确触怒了我。我本来还在纠结，怎么找到你，说服你帮助我，先去应付梁品茹，好方便我救出女儿彤彤。我没想到，我们两个想到一起去了，那我们就这样决定，今天时间不早了，我要是再不回去，章玫会担心得发疯，老周估计就会追寻着痕迹找过来了，我回去理理思路，然后尽快约时间，商量下一步对策。"

|第六章| 一筹莫展

我和多多告别，然后离开，等我回到农庄的时候，已然中午十二点。我悄无声息地回到房间之后，给章玫发了个微信，确认我安全回来了。

我的微信消息刚发出去，就听到了敲门声，我打开门，正是章玫。章玫看我的眼神中充满了关切："甄老师，你总算是回来了，你要是再不回来，我刚才就要让周叔叔去找你了。甄老师，你刚才去了哪里？既然有你女儿彤彤的线索，为什么只能你自己去呢？"

我打开门，把章玫迎进来，把门关好，对章玫小声说道："是多多。"

章玫睁大眼睛，讶异道："多多把咱们灌醉之后，就出国了，还拿走了十几亿，梁品茹想把这笔钱追回来，所以才会搞出这么多事情来。甄老师一个上午就能来回，难道多多还是在咱们附近吗？"

我招呼章玫在房间里坐下，坐到了章玫对面，把我和多多碰面的经过都详细说了一遍。说完之后，我对章玫说道："我在想，多多还在国内这件事，以及她还要和我们暗中联手对付梁品茹的计划，我们到底要不要告诉老周？"

章玫嘟起嘴来，做沉思状，想了一会儿，对我说道："甄老师，你是不是担心周叔叔对多多姐姐的情感难以自控，会影响咱们破案，进而影响找到彤彤？"

我点点头，回答道："是的，我顾虑的就是这些。老周奔四的年纪，还从来没有真正恋爱过，他前段时间对多多的喜爱之情，溢于言表，就连他一年四季的僵尸脸都掩盖不住。上次我们在庆功宴上，多多堕胎，老周表现出来的痛心疾首，绝不只是因为怀疑多多堕胎的动机，更主要的原因是自己心中的女神居然怀了别的男人的孩子。"

章玫重重"嗯"了一声，说道："我还以为甄老师不解风情，没想到甄老师对周叔叔看得如此通透。人非草木，孰能无情。周叔叔对多多姐的情感，连瞎子都看得出来。但是，这么大的事情，如果我们不告诉周叔叔的话，如果他知道了，肯定会非常生气的。还有很重要的一点，那就是多多姐姐明显在向你表达爱意啊，她想把这件事，发展成你们两个一起的经历。咱们对付艾文的时候，周叔叔受到了艾文的暗示影响，都能对你往死里殴打。原来周叔叔还不能确定多多姐姐到底选谁，所以还有幻想。但是这些事情，要是告诉周叔叔的话，我不知道他会不会伤心难过、愤怒难忍，至少可能会先脱离我们的团队。"

我叹口气，说道："我担心的也是这个，告诉老周，老周肯定会受到打击；要是不告诉他，老周将来知道了，估计会和我绝交。"

我和章玫二人愁眉紧锁，四目相望，正在不知所措的时候，房门外传来了老周的声音："老甄，你醒了吗？我有重要的发现。"

我走过去，把门打开，老周满眼血丝地站在门外，我心疼了一下。

老周抬眼看到章玫也在我的房间里，疑惑地看了看我，又看了看章玫，对我又投来了"我懂你，哥们"的眼神。

老周见我失神，对我咳嗽一声，问我道："老甄，你和章玫是还有话没说完？那我一上午的发现，过会儿再说？"

我尴尬地挤出一丝笑容，侧身把老周请进房间。老周再一次看了看我和章玫，想问什么，又憋了回去。他终于开口说道："我这一上午，通过交通监控，找到了把彤彤带走的车辆的线索。"

我听到有彤彤的线索，把其他的思虑都收了起来，赶忙问道："老周，那找到那辆车最终去了哪里吗？"

老周的神色严肃起来，对我说道："现在的监控系统很是先进，只要锁定了这辆车的车牌号码，就能把这辆车的整个运动轨迹通过大数据计算出来。"

章玫也焦急地问道："那周叔叔，那辆车去了哪里，能追踪到吗？"

老周的眼神中，露出巨大的挫败感："老甄，我想我们只能通过梁品茹救回彤彤了。因为线索车辆最后的轨迹是上了一艘船，而那艘船早已驶入茫茫大海。"

我猛然想起，我在梁品茹的手机里看到的彤彤的求救视频，在彤彤身后的墙面上，闪烁着金属质感的光泽。我当时还努力地思索，什么样房间的装修会用这种材料。现在我反应过来，这应该是船舱内的钢板墙壁。正经的客舱里，也都是贴上装修材料，而只有货舱，才会只有光秃秃的金属墙壁。那么彤彤求救视频中的背景就是货舱。

从时间推算，梁品茹给我看视频的时候，彤彤应该刚被这伙人带到了船上。毕竟，梁品茹还算是要我办事，不大可能会把彤彤囚禁在货舱里。

老周见我失魂落魄地杵在一边，也难过起来，拍了拍我的肩膀，安慰我道："老甄，你也不要太担心，我们先想办法找到多多，然后一起商量对策，怎么和梁品茹进行交易。”

我一时心乱如麻，看来想靠自己的力量救出彤彤，真是大海捞针。可是要就这样被人牵着鼻子走，我心中也很窝火。

章玫大气都不敢吭一声，一时之间，房间里静谧得都能听到针掉落的声音。

一阵手机铃声响起，打破了我们三人之间的沉默，我拿起放在桌子上的手机，原来是前妻打过来的："甄瀚泽，我才知道，原来彤彤失踪是因为你招惹了不该惹的人。我都和你离婚了，你还能给我们娘俩招灾惹祸！我告诉你，要是你不把彤彤救回来，我这辈子都和你没完！你休想和你的小狐狸精过消停日子！"

我忍不住头大，只好安慰几句，随后挂掉了电话。电话刚挂掉，又响了起来，我以为是前妻急火攻心，还没骂够，所以继续打电话给我，就没打算接。但是电话铃声却一直响个不停，我一阵头大。章玫见我没有动窝，走到桌子旁边，拿起我的手机，看了一看，对我说道："甄老师，是个陌生人的电话，不是你前妻的。"

我这才接过手机，电话里传来了性感娇柔的声音："甄先生，凭你和周先生的本事，应该已经追踪到船了吧，可是要想你的女儿安然无恙地回到身边，还是只能选择与我合作。所以，甄先生，我要是你，就应该把精力放在如何把多多挖出来，而不是徒做无用功。你还是通过我的微信好友吧，我给你发个视频，让你看看你的女儿在我们的基地里，和新朋友在一起快乐玩耍的样子。这样你才能安心做事。"

梁品茹的电话，随着一阵咯咯咯的娇笑挂断了。我在听到梁品茹说了一半的时候，就打开了免提，让老周与章玫也都一同听到。

挂掉电话之后，我打开微信，果然有一条好友申请，头像正是梁品茹那张狐媚的脸。

我通过"好友"之后，梁品茹很快发来一段视频。

视频中，彤彤正在和三四个同龄孩子玩水枪，从几个孩子欢快的笑声看来，彤彤并没有受到虐待。几个孩子玩了一会儿之后，一个穿着格子裙的姑娘，端着食盘走进了游乐室，对彤彤等几个孩子说道："孩子们，课间甜点时间到了哦。有南瓜布丁，还有小蛋糕，大家快过来享用吧。"

南瓜布丁是彤彤最爱的甜品，果然，彤彤听到有南瓜布丁，把水枪中剩下的水都嗞到了一个小胖子身上之后，把水枪一扔，就飞奔过去，吃南瓜布丁去了。

视频戛然而止，梁品茹的语音再次传来："怎么样，甄先生，您女儿被我们照顾得很开心吧？"

第七章 ｜ 谁真谁假

　　我对梁品茹微信回复道："谢谢对我女儿的照顾，但是我还有些事情没有完全想明白。多多拿到了钱就出国了，我想找到她，也是千难万难。你找我来做这件事，怎么就认为我能做成呢？"

　　老周若有所思，章玫则对我递了个眼色，似乎在说，我很会对女人套话的意思。

　　大概一两分钟，梁品茹发来了一段娇嗲的语音："因为女人的直觉啊。而且我都认为，甄先生啊，你可能都不需要去费力气找多多，多多可能都会主动联系你的。毕竟我们做姐妹这么多年，我还是能从她的一切表现中感觉得到她对你的情愫的。女人这种生物，一旦对某个男人动了感情，那就是前面是刀山火海，也会跳过去找你的。所以，这位甄老师，你要对自己的魅力有信心哦。至于甄老师要做的，那就是当多多找上来的时候，想想你的女儿，就能够做到把多多交给我们了。"

我听完梁品茹的语音，大吃一惊，心想，我和多多碰面，不会已经被这个妖艳的女人察觉了吧？我不由得想起，多多之前也和我提出过，要假装找到了她的踪迹，然后对付梁品茹等人。这两个女人都是心机深沉——多多是用情愫引诱我，梁品茹是用女儿逼迫我，都不好惹。

章玫听完梁品茹的话，脸上浮现出了恶心但又佩服的神情，对我和老周说道："梁品茹真有心机，居然能一下子看出问题的关键所在，对于多多来说，甄老师，你的确是关键因素啊。梁品茹真是太了解女人了。"

老周听完梁品茹的语音之后，脸色阴沉凝重，似乎有什么想对我说的，但是最终还是没有说出来。

我甚至都能感觉到老周内心深处的波动，我很清楚地知道，老周对多多的爱慕，而梁品茹的话里明确表达出多多对我的爱慕之情。

对于任何一个男人来说，自己心爱的女人中意自己的兄弟，都是一件不想面对和不想取舍的事情。

我也一时语塞，不知道该对老周说什么。

老周用力地深吸了口气，从口袋里掏出烟盒，然后用嘴从烟盒里叼出一支烟来，另一只手狠狠地用打火机打着火，点上烟，猛地嘬了一口，过了一阵子，才把烟气从鼻孔里排出来。

我和章玫都感受到了老周在用力克制自己的情绪，我们悄悄交换了个眼神，都没有说话。一直等到老周把整根烟都快吸完，我硬着头皮走到老周跟前，从老周扔在桌子上的烟盒里，也掏出一根烟，自顾自地点着了。我看着老周的那根烟快燃尽了，又递了根烟给他。老周狠狠地把嘴里的烟屁股吐在了地上，用脚把烟屁股碾灭，这才看向我，伸手把我递过去的烟接了过来。

我和老周就这么默默地把手里的烟抽完。老周终于开口对我说道："老甄，你的女儿彤彤，我会竭尽全力帮你救回来，但是如果你真的要利用多多对你的喜欢，对她不利，那咱们兄弟这辈子就结仇了。"

老周对多多用情深到这种程度，我虽有心理准备，但是听他亲口表达出来，还真是让我心情难以平复。

老周瞥了我一眼，继续说道："我快四十岁了，虽然是个光棍，没吃过猪肉，但也见过猪跑，男女感情这档事是强求不来的。你老甄有魅力，又是章玫妹子喜欢，又是多多惦记，这个哥们儿只能羡慕，也学不来的。至于你最后选谁，还是谁都不选，那是你的事。对我来说，我就知道我喜欢她就行了。这事儿以后甭说了，咱们还是想办法先把孩子救出来。"

老周这一番发自肺腑的言语，让我忍不住伸出手来，紧紧地握住老周的手，我对老周说道："好兄弟，好朋友，正好有件事我要告诉你。"

我把多多联系我和我见面，以及多多给我看的艾文留下的影像资料的情况，原原本本地都给老周讲述了一遍。

老周认真听完，章玫则给我和老周都倒了杯水。老周对我说道："老甄，你还记不记得，梁品茹曾经说过，多多是他们培养出来的。也就是说，他们早就相识才对。可是多多给你提供的关于艾文的情况，却是多多在艾文死后整理他遗物才发现的。那么这两个女人，肯定至少有一个人撒了谎。"

章玫说道："我也记得，咱们还在上海的时候，梁品茹直接上门和咱们讲述过关于她和艾文的经历，关于她和艾文是大学同学以及他们共同的孤儿经历。随后，艾文和梁品茹大多时候，都是联手去谋夺各种有钱女性的钱财，梁品茹负责摸底，艾文出面PUA。除了谋财之外，他们明显还要害命。从梁品茹的这个叙述来说，很明显，她和艾文之间并没有多多什么事儿，所以，梁品茹后来所说的多多是她们精心培养出来的对象这件事儿，的确很奇怪。"

我点点头，说道："这件事有四种可能，我们挨个把每一种可能性都核验推断一遍，那么剩下的那个可能性，不管看起来多么匪夷所思，都是必然的了。"

章玫奇怪地问道："怎么可能是四种可能，不是只有两种可能吗？第一，多多说谎；第二，梁品茹说谎。"

老周继续说道："还有一种可能，就是两个人都说谎。第四种可能是什么？"

我说道："两个人都没说谎。"

老周和章玫同时惊讶道："两个人都没说谎？那怎么会有同一件事对不上。"

我从烟盒里掏出一根烟来，从中间折断，分别递给了老周和章玫，解说道："事情的真相就如同这根香烟一样，是一整根，但是因为，你们每个人拿到的是不同的那截，所以，每个人讲述的真相是对不上的。"

老周很快反应过来，对我说道："的确是存在这种可能性的。"

章玫撩了下耳边的发丝，对我和老周说道："虽然，香烟这个比喻我看懂了，但是多多和梁品茹所说的，关于多多到底是不是和他们一伙的那件事，明显是整个事件的同一部分，而不是同一事件的两个部分啊。"

我没继续对章玫解释，而是继续说道："咱们还是一个一个排除吧。先说简单一点的，好验证的可能性，第一个，多多在说谎。"

章玫嘟了下嘴，对我和老周问道："多多在说谎，这个可能性怎么验证？我们去那个别墅区，当面问她，可是怎么保证她和我们说的是真话？"

我和老周只要聊起探寻真相，就会很默契地进入状态。我和老周对视了一眼，老周紧绷的表情终于融化成了语重心长的教诲："验证一个人说过的话是否是真话，有两个办法。第一种，就是对所说的事情反复盘问细节，如果细节发生变化，那么被询问人说的肯定是假话。第二种，就是对某个存疑的细节，去实际勘验，如果能验证，可以证明说的是真话；如果不能验证，那么必然说的是假话。对于多多所说的是真话还是假话，我们完全可以通过之前我对多多的履历踪迹来判断。"

|第八章| 哪种可能

　　老周开始滔滔不绝地讲述破案技巧的时候，我知趣地拉了把椅子坐下。章玫看了看一本正经的老周，又看了看坐了下来的我，忍不住扭过头来对我吐了吐舌头，做了个鬼脸，但是随后也拉了把椅子，坐在了我的旁边，而且章玫两手托腮，一本正经地看着老周，听老周继续讲述如何验证第一种可能性。

　　老周兴奋起来，浮现出了老刑警的傲娇神气，继续讲述道："多多的履历，我在上海的时候就已经验证过了。当时为了查明在老街我突然发狂袭击老甄的真相，花了大力气，找了不少得力的线人，可以说，把多多从出生到见到我们的经历都翻了个底。所以我可以肯定，多多在高中和大学阶段，甚至是工作之后，绝对没有与艾文和梁品茹发生过交集。因此，可以判断得出，多多必然是在和艾文确立关系之后，才知道艾文的事情的。因此，我可以确定，多多没有说谎。"

章玫听完之后，认真地想了想，突然问老周道："可是周叔叔，你说他们没有交集，那应该只是他们在现实接触中没有交集，可是在这个互联网时代，还可能他们早就在网上交流很久了。就如同我和甄老师，实际在网上已经聊了一年多，然后才正式见面认识的。"

老周被章玫问得愣了一下，回答道："这个可能性，我还没有验证，不过我可以通过黑客，黑进多多的任何聊天工具，但是聊天记录，也只能在服务器保存的期限内了。之前的聊天内容，现在都不可能通过网络拿到了，唯一的手段，就是通过给多多的手机电脑植入木马，直接获取她的各项资料。但总是有办法验证这些的。"

我看着老周一本正经的破案技术流的样子，忍不住笑了笑，道："其实也不必那么麻烦，因为我记得很清楚，梁品茹当初说多多也是她们精心培养出来的，那么培养多多的目的，肯定不只是把多多当成肉猪谋财害命，而是需要多多成为她们中的一员，和她们一起去作案，获取更多的犯罪收益。只要查询多多有没有这样的经历，就可以判断了。"

章玫见我露出了笑容，也高兴起来，忍不住调皮道：

"果然还是甄老师最为机智，周叔叔，你有没有舍得查过多多有没有类似的犯罪记录呢？"

老周的脸上也有了暖意，对我们说道："章玫，你还别说，当时出了问题，我还真是调查过了多多是否参与过艾文等人的犯罪活动。最终，我确认，多多并没有参与过这些事情，因此我可以断定，多多与艾文的犯罪活动，没有任何关系。"

章玫看着老周如释重负的表情，忍俊不禁，扑哧笑出声来，道："周叔叔，你对多多还真是放在心上，这么快就洗脱了多多的嫌疑。"

老周被章玫的玩笑弄得老脸一红，忍不住解释道："我的确是出于破案的角度调查过多多的，并不是为了这次洗脱多多的嫌疑。"

我笑道："现在能够排除多多说谎的可能性了，那就还有两种可能性——梁品茹说谎，或者两个人都没说谎。那么现在要做的，就是想办法查清楚梁品茹是否说谎。"

章玫双手托腮，皱着眉头，说道："多多是否说谎，周叔叔那里有调查资料，但是这个梁品茹是否说谎，要验证可就难了。周叔叔，你不是也派人盯住了梁品茹，那怎么验证她说的关于多多是她们培养出来的这句话呢？"

老周摇摇头，苦笑道："我对梁品茹的调查都集中在她和艾文的交集，并没有调查过她和多多的接触，所以，她所说的关于对多多精心培养和多多是她们挑选的姐妹，我这儿现有的线索和资料还真是没法验证。但也不是完全没办法，不过需要老甄配合。"

章玫看看老周，看看我，问老周道："周叔叔，你是想要甄老师牺牲色相，去套取梁品茹的情报吗？不过，可能这个办法还真是行得通，毕竟甄老师虽然不帅，也不年轻，可是身上就是有一种超级吸引女人的魅力，简直让女人无法抗拒和自拔。"

老周听到章玫这么夸我，实在忍不住了，对我说道："老甄，你还是选章玫妹子吧，就不要祸害多多了，你看章玫小妹子对你多迷恋啊。我本来是想让你联系梁品茹，看看能不能从她嘴里套出什么话来的。章玫小妹子说得很有道理，你可以试试。要是你色诱成功，没准梁品茹能够自己把彤彤送回来了。这样，也省了咱们这么费劲地找彤彤了。对了，我和你一起找彤彤，虽然咱们是哥们，所有的经费还是需要你支出的。反正你现在也是千万富翁，不差这点小钱了。"

老周说起钱来，我猛然想到一个办法，对老周说道："这几天，我都把我已经有了将近两千万的事情忘记了，多多给了咱们三个人好多钱。老周，你是不是有许多可靠的线人？我打算悬赏1000万，发动各路神仙，帮我把彤彤找出来。"

章玫说道："啊，1000万，周叔叔，这算不算叫作暗花啊？你是不是黑白两道都很有人脉？但是这样有个问题，那就是梁品茹会不会收到消息后，然后恼羞成怒，反而对彤彤不利？"

老周思考了一阵子，说道："这个应该用不了1000万，我想起了一伙人，那伙人专门做这个生意，就是去寻找救出被绑架的富家子弟。收费差不多一次300万。这伙人有自己的寻人渠道，远比悬赏要靠谱得多。我这就去联系他们。另外，你可以想办法联系梁品茹，我想理由是现成的，那就是如果你想找出多多的话，需要对她的各种资料了解详细，所以请梁品茹把自己对多多的了解详细地提供一下。我想这个理由，梁品茹是不会拒绝的。"

我点点头，对老周和章玫说道："我想到的也是这个，因为任何一个人的防卫意识，都基本表现在对自身资料的探知上，而对于询问对手的资料，则会非常放松。这个时候，再次询问一些细节，就比较容易了。"

章玫说道："那好吧，咱们现在就可以分工进行了。周叔叔去联系专门的救人者，甄老师去套话，我负责录音和转换文字。"

老周效率很高，章玫话音刚落，他就已经转身回了自己房间，联系他所说的那一批人去了。

我拿起手机，思来想去，决定还是不给梁品茹拨打电话，而是给梁品茹发了微信语音："梁女士，我经过谨慎思考，下定决心和你合作，帮你找出多多，追回你们的钱。但是我有三个条件。第一，要保证我女儿的安全。第二，我需要启动经费300万元。第三，如果你那里还有多多的其他资料，请全部提供给我。谢谢。"

我发完语音，章玫对我竖起了大拇指，说道："甄老师，你真有一套，你居然从梁品茹那里索要救出彤彤的钱。"

我对章玫说道："我和梁品茹要钱，也是要她确信我决定和她合作了。如果我不谈钱，那么她一定会猜测我别有想法。"

|第九章| 齐头并进

我的消息发出去，也就是一分钟，梁品茹就回复了消息："发个账号给我。"

我立刻发了常用的收款银行卡号过去，这张银行卡绑定了我的手机号码，只要发生余额变动，我就会收到短信。

过了二十分钟左右，我收到了一条短信息，账户已经转入了300万元整。我给章玫看了看短信息，章玫惊讶地张大嘴，对我说道："甄老师，这个梁品茹还真是出手阔绰，连价格都不讲的。我怎么感觉，你说3000万，她都能直接转过来呢？毕竟梁品茹说过的，她愿意出5000万。"

我对章玫说道："要3000万就会引起怀疑了。"

章玫奇怪道："为什么300万就能让梁品茹相信，3000万就会引起怀疑呢？"

我一边给梁品茹回复消息："款已收到，还需要多多的资料。"一边对章玫解说道："因为她提出的价码是5000万元，但是根据梁品茹和艾文的贪婪程度，她未必是真的肯付这么多钱。所以，这个数字多半是幌子。要是我猜得没错，她如果真想付钱的话，最多不会超过500万元，所以我提出办案经费，包括我们通过各种技术手段寻找多多，还有我们出国的各项费用，那么先要300万元是科学合理的。所以她大概率会支付。"

章玫的脸上又开始浮现出了小迷妹的表情对我说道："甄老师，你真是厉害，居然把梁品茹的心理拿捏得如此到位。那你要的关于多多的资料，梁品茹能给你吗？"

我回答道："等等看。因为我并没有对她说，我想要的是什么资料。那么具体给我提供什么资料，就由她自己决定的了。但是，不管梁品茹给我提供什么材料，都能暴露出她内心的取舍，所以我都能从中想方设法验证她所说过的话。"

章玫说道："我是不是可以这样理解，你给梁品茹的问题，是个很宽泛的范围，她不可能认为你的这个举动是对她有什么动作。而你这个宽泛范围的问题，不管她怎么回答，都能暴露她许多信息。而你就是通过这些信息来推断梁品茹说的话到底是真是假。"

我点头道："你真是孺子可教，这么快就能理解我的手段。因为人往往会对其他人对细节的追问产生戒备心思，但是对宽泛的询问，却触发不了防卫意识。更何况，我对梁品茹最初发的信息中，第一点是同意与她合作，再经过这几天之后，她也清楚，我肯定要先想办法找出彤彤的踪迹线索，可是当我确定我没法找到彤彤就只能妥协，这样她反而能够确信，我是走投无路，只能就范。第二，我先和她提钱，就是坚定她对我的信任。第三，我和她要多多的资料，也是从工作角度提出的，所以，这几句话基本上可以打消她对我的怀疑。而梁品茹的主要目的是找到多多，追回那十几亿来。所以，如果我问她关于彤彤的问题，一定会触发她的防卫意识，让她产生戒备，对我之后的任何要求都会再三思考，再决定怎么处理。但是只要是我和她询问多多的相关资料，她都会不做防备地提供给我。但是，她所提供的资料中，肯定会删改她想隐瞒的部分。这些就是我们需要认真甄别的部分了。"

我话音未落，微信传来提示音，梁品茹给我传来一份PPT文件，我打开一看，正是多多的全部资料。

我记得老周在调查多多的时候，也整理过不少资料，这些资料也早就被章玫存了起来。比对资料是章玫的强项，所以我直接把梁品茹转发给我的关于多多的PPT文件，转发给了章玫，随后我打开了PPT。

梁品茹发给我的资料中，把多多从高中到最近的背景资料详细地整理了出来，其中最主要的是，在每一个页面中都有关于多多的心理变化的评论。

其中在多多和艾文交往阶段的时候，关于多多的心理状态的评论是这么一段话："邵明捷（多多真名）陷入恋爱，但是种种迹象表明，她对付清（艾文真名）有戒心，而且付清对她的心理控制并没有如同想象中那么顺利，我甚至能感觉她是我的同类人。那么，她是否能加入我们呢？"

我看到这段话的时候，眼前仿佛出现了多多在一团迷雾中向我招手，多多的炽热红唇在向我呢喃："老甄，求求你，救救我。"

我把手机放下，揉了揉太阳穴，对章玫说道："玫子，你把PPT中梁品茹对多多的心理状态的评价按照多多资料中的时间线整理出来，最好打印出来给我。"

章玫知道我只要提出这个要求的时候，就是我疲惫需要休息的时候。章玫一边对我回应说："马上。"一边坐到我身旁，对我说道："甄老师，你先躺下休息，我一会儿就把你要的东西准备过来。"

章玫轻柔地把我的头放平在她的腿上，随后给我揉捏太阳穴。揉捏了一会儿，章玫给我找了个沙发软垫，让我枕着，又去洗手间，给我准备了温毛巾，帮我敷在头上。她这才转身，去整理文档。

我刚才还头疼得很，但是经过章玫这几下之后，感觉舒服多了。多日劳顿，整夜无眠，直到这个时候，我才感觉一阵阵的困意直袭过来。

我是被老周晃荡醒的，我睁开惺忪的双眼，正好看到老周瞪着满眼的血丝，看着我说道："我联系到了那伙人，他们给自己取名'拯救者'小队，他们的队长绰号叫'马蜂窝'。那是个不好惹的家伙，不管谁惹到他，都如同捅了马蜂窝一样，不碰得头破血流是绝不可能脱身的。他们秘密接了这项任务，要求定金150万元，剩下的一半，等把彤彤救出来之后再支付。账号已经发给我了，我转发给你，一会儿把款给他们转过去。这项任务就算启动了。他们用他们的渠道去追踪、寻找，拯救。"

我脑袋发蒙，但是总算听明白了，老周和我说的最主要的事情就是需要我付钱，启动这个叫作"拯救者"的准佣兵组织，去开启救出我女儿彤彤的任务。

原先，我还并没有觉得自己有多疲惫，刚才一经章玫的按摩热敷，感觉到舒服了，我就昏睡了过去。这一觉醒来更觉得迷糊，我还是打起精神，用手机给老周提供的账号，转了150万元过去。

账转过去后，我再也睁不开眼，对老周说了句"我要睡觉"，就再次沉沉地睡了过去。

等我醒过来的时候，发现身上盖着被子，而且我的袜子已经被脱了，而且没有感觉到脚的皮肤有干燥的感觉，估计是章玫用湿毛巾给我擦了脚。

我拿起手机，看到了章玫的留言："甄老师，你醒了就给我打电话。我有一些发现。"

|第十章| 案情突破

　　我翻身起来，随后给章玫打了电话，章玫的声音从电话里传了过来："甄老师，你醒了啊，饿不饿？我给你带点早点过去？"

　　我这才反应过来，从昨天下午6点，我一直睡到了早上8点。章玫说起早点来，我这才感觉到肚子里咕噜咕噜乱叫，饿得受不了。我对章玫说道："好，你拿点来吧。我的确饿了。你有发现什么吗？"

　　章玫对我说道："甄老师，我一会儿过去跟你当面说。我喊上周叔叔一起过去找你。"

　　挂断电话，我用了最快的速度去洗了把脸，刷了个牙。我对着镜子看了看自己疲惫的脸，深吸了几口气，看着自己凌乱的头发，最后还是拽过水龙头把自己的头发洗了洗。

　　我正用毛巾擦着头发的时候，门铃声响了起来，我打开门，章玫和老周先后走了进来。章玫手里还拿着豆浆和小笼包。我和老周坐下，章玫摆好早餐，让我和老周一边吃着早饭，一边给我们讲她的发现。

　　章玫对我和老周吐了吐舌头，不好意思地笑了笑，然后说道："我昨天花了一晚上，认真比对了梁品茹发过来的关于多多的资料以及周叔叔收集整理的多多的资料，结果发现，有三个时间点的资料对不上。"

　　章玫说完，把平板电脑递给我们，让我们对照着平板上她做的对比图文案，同时拿出手机，对我们解说道："第一个时间点，多多于2008年大学一年级时曾经进行过心理治疗。周叔叔的资料中显示，多多是因为抑郁症接受心理治疗，但是梁品茹的资料中却显示多多是因为轻度精神分裂症治疗的。第二个时间点，多多在2016年，也就是刚刚工作那几年，曾经因为工作压力太大，而接受过心理疏导治疗，周叔叔的资料里，只有多多接受过心理治疗，但是梁品茹的资料却更为详尽，那就是多多因为工作压力患上了焦虑症。第三个时间点，多多的恋人意外过世，多多很长时间都沉浸在哀伤的情绪里，周叔叔的资料里显示的是多多还是因为抑郁症接受治疗，但是梁品茹的资料里却显示是自闭症。"

　　我和老周仔细研究了梁品茹的资料中对多多的重要时间

节点的心理状态点评：1. 多多大学阶段去心理咨询的时候，梁品茹的点评为"人格分裂，副人格的第一次表现"；2. 多多工作压力大患上了焦虑症，梁品茹的点评为"焦虑下，会促进分裂"；3. 多多恋人去世的时间点，梁品茹的点评为"自闭会有可能催化另一个人格"。

　　章玫见我和老周仔细看着平板电脑上的内容，在一旁不知道该继续说，还是不说。我抬起头来，看着章玫扭捏为难的样子，感觉紧绷的情绪放松了一点，对章玫说道："玫子，你把你的发现继续说下去。"

　　章玫被我的话鼓舞，清了清嗓子，继续说道："甄老师和周叔叔你们刚才也应该看到了，梁品茹对多多姐姐的点评有一个共同点，那就是，判断多多是不是会产生人格分裂。至于梁品茹为什么会标注这些，我就不理解了。那还是得甄老师专业解读。"

　　章玫说完，不好意思地吐了吐舌头，对我和老周做了个鬼脸，一屁股坐在椅子上，对我们说道："刚才好紧张啊，我原来看甄老师和周叔叔讨论案情的时候，侃侃而谈，一说一大堆，我还以为挺容易。没想到自己来讲的时候，就干巴巴的，什么都讲不出来了。"

　　老周先开口说道："我当时派人调查多多背景资料的时候，是通过她的同学侧面核实情况，并不能完全保证所有情况细节的精准性。"

我说道："但是梁品茹得到的情况细节，却很可能是梁品茹或者艾文，从多多的口述里获得的。"

章玫说道："那也就是说，梁品茹的这份关于多多的资料，应该是准确的是吗？"

老周说道："那也不能完全确定，因为没法验证多多告诉梁品茹和艾文的就全部是真的。老甄，你还是解读一下，梁品茹所标注的人格分裂这个关键点究竟是什么意思吧。"

我解说道："人格分裂，在学名上称为'解离症/间歇性人格分离'。它的主要特征是患者将引起他内在心里痛苦的意识活动或记忆，从整个精神层面解离开来以保护自己，但也因此丧失其自我的整体性。人格分裂大致可分为两类——心因性失忆症和多重人格症。

"具体来说，就是当一个人无法面对痛苦的时候，有可能会选择自己衍生出的副人格，来回避自己主人格的痛苦。主副人格完全不同，你们实在难以理解的话，可以简单地认为是一个躯体内有两个灵魂。"

章玫皱眉道："那现在怎么判断梁品茹和多多两个人说的话，到底哪个是真的，哪个是假的呢？要知道，这两个美女姐姐都是人精，说话真假，这还真不是那么简单能判断的。"

老周道："真话假话，其实也不是完全不能判断，我们找出来的疑点，至少多多那边，咱们可以再三反复盘问确认。不管是老甄去问，还是我去问，都能问出个蹊跷来的。"

我仔细思索一番，猛然想到了另外一种可能性，对老周和章玫说道："两个人说的都是真的，只是角度不同。"

老周听完我的话，陷入沉思，章玫则满脸疑惑。我继续说道："多多的确和他们没什么纠葛，但是多多也的确是梁品茹她们打算吸收的对象。只不过她们想要吸收的，不是多多的主人格，而是她们想引诱，或者说制造出来的副人格的多多。"

章玫再次瞪大了迷惑的双眼，对我说道："甄老师，你说的这都是什么啊？我怎么完全听不懂了。"

老周却说道："我遇到过类似的案例。那个案例中，犯罪人是被人完全洗脑失忆，随后犯罪杀人，杀人后，又被洗掉了相关的记忆，所以我无论怎么询问，他都能对答如流，直到我们局请来了一名心理专家，给犯罪嫌疑人做催眠之后，才唤醒了嫌疑人的犯罪记忆，我们再根据线索，找到了幕后主导他杀人的真凶。当时，对这个直接杀人的犯罪嫌疑人，到底是算作帮凶，还是真凶的杀人工具，我们和检察院的人还争论了半天，最后在那名心理专家的建议下，由检察院决定对这名被操控杀人的嫌疑人做不起诉处理。"

章玫惊讶道:"还真是大千世界,无奇不有,还真有这样的事出现。难道梁品茹她们所说的精心挑选了多多,也是为了给她洗脑杀人吗?"

我说道:"要是我没有猜错,艾文和梁品茹这两个人,才是事实的情人关系,他们交往的其他人,都是他们的工具人。那么他们挑选多多,最有可能的是,希望通过激发她的第二人格,让她出面诱惑那些有钱的男性,然后复制艾文的操作手法,通过各种手段继承男性富豪的家产。"

|第十一章| 碰面多多

我把逻辑捋完，老周说道："虽然我接触过类似的案例，但是，在那件案子中，被操控的人本身就有严重的精神疾病，而操控他的人则是一名心理学教授。多多聪明睿智，绝不是那么好操控的，艾文和梁品茹能有这样的能力吗？"

章玫赞同道："甄老师，我认为周叔叔说得有道理啊，从最后多多能够拿到艾文的那笔巨款来看，我认为艾文和梁品茹都不是多多的对手，所以，梁品茹和艾文打算通过心理手段操控多多，我也认为不太可能。"

我也拿不出足够的证据，甚至线索来验证我刚才的推断，只好叹口气说道："如果我的推断不成立的话，那就只有一种解释，那就是梁品茹用这个说法来恐吓我，让我相信如果我不和她合作，追回多多拿走的那十多亿元，她就会对我的女儿下手，而且是把我女儿洗脑成工具人。"

老周双手抱着肩膀，耸耸肩，对我说道："其实，要想验证这个很简单，那就是咱们和多多秘密见面，毕竟相对于梁品茹，我们更相信多多才对。"

章玫也赞同道："甄老师，我认为周叔叔说得对，不管你的推论是什么，最简单的验证办法，其实就是问一问多多姐姐。就如同周叔叔说的，只要你开始问多多姐姐，周叔叔就能从其中看出端倪，这也是个最好的验证方法。而且咱们最主要的目的是救出彤彤，咱们应该先找救出彤彤的最为直接的线索。"

我和老周不禁为章玫的果断叫好，虽然说男人是理性的，但是男性也会关心则乱，特别是我面对女儿的时候。章玫这番话一下点醒了我，和多多合作肯定是对的，因为梁品茹包藏祸心，一心想着把多多拿走的那十多亿黑钱夺回来。而多多势单力薄，要想避免如同个猎物一样被梁品茹捕杀，最好的选择其实还是和我们合作，毕竟主动出击才是最好的防守。

我把这些事情都想透之后，立刻拿起手机，给多多发了微信："我和老周、章玫共同认为，咱们四个人还是应该共同联手，对付梁品茹一伙。你还在那个别墅里吗？我们过去找你。"

过了三五分钟，多多的消息回复了过来："其实我躲在这里的这几天，每每想起我们在一起探案的时光，才会平静地睡去。我还在这里，你们来找我吧，但是我得提醒你们，梁品茹比艾文更为狡诈多端，难以对付。你们的行踪有可能都被她盯着。所以你们来找我的时候，要准备一个万全之策，不要被人发现。"

我把多多的消息给老周、章玫都看了看。老周摸了摸鼻子，对我说道："从多多回复的这句话来看，她对梁品茹的了解程度，可能远比我们想象的要深，我们可能得更加小心了。"

我对老周的话深以为然，看来事情绝对没有我想的那么简单，也真是应了章玫的那句戏言——"女人天生都是戏精，没有一个省油的灯"。我想起多多最初找上我们，曾经说过，是通过她的闺密梁品茹认识艾文的，也就是两个女人假意交往了好一阵子，然后艾文才开始介入的。但是这件事的关键点在于，就算她们互相了解和信任，并介绍艾文给多多认识，同时布下PUA陷阱，这种情况下，多多接触到的应该是梁品茹很美好的一面，哪怕是梁品茹伪装出来的。但也有可能是多多在艾文死后，通过对艾文的手机信息查阅，得出来的梁品茹更为狡诈的结论。

不过这一点，完全可以在见到多多之后当面询问。任何一个人，面对别人的事情的时候，通常自己不会有什么太大的情绪波动，可以保持理性。而面对自己的事情的时候，难免关心则乱。因为女儿彤彤被梁品茹绑架控制，所以我的注意力始终集中不起来，甚至有很多情绪来影响着我，以至于我在进行推断的时候，方向总是会不由自主地散乱。而老周和章玫反而能一下子抓到重点。

老周和章玫也发现了我的状态不对，章玫安抚我道："甄老师，你最近状态不太对，还是好好休息一下，调整一下状态，毕竟彤彤还等着你去救呢。其他的具体事务就由我和周叔叔来安排吧。"

老周说道："我们三个人分头行动的情况下，如果梁品茹在我们身边设了眼线，那反而会引起她的怀疑。所以我们三个人还是要一起行动，这样的话，就算是被梁品茹的眼线看到了，也不会产生其他的联想。我们真正要想办法的，是让多多悄悄地和我们会合。"

老周不愧是老将，一句话惊醒梦中人。从这个角度来说，多多提出的方法，反而看起来幼稚得很。

章玫说道："现在不知道，甄老师这次单独出门，是不是已经被梁品茹盯上了。要是被盯上了，那多多是不是已经暴露了？要是梁品茹自己找到了多多，是不是彤彤就危险了？"

老周摇摇头道："从老甄说的情况来看，目前还没有被盯上。我们实际接触梁品茹的时候，她的一举一动，我都盯着呢，也不会存在给咱们偷偷地放窃听器、追踪器的情况。"

我说道："老周，咱们在上海住的是民宿，门锁是密码锁。咱们中途也有出门的时候，如果梁品茹早就盯上了咱们的话，也有可能趁咱们出门的时候进来做手脚。老周，你那是不是有什么设备，能够检查这些的。我想还是检查一下，这样才放心些。"

老周对我嘿嘿一笑，说道："老甄这句话说得，才有点心理神探的风采。你放心吧，这个工作我早就做过了。咱们离开上海的时候，我就已经用探测仪测试过了。"

我好奇道："什么心理神探，这是什么称呼？"

章玫扑哧一笑，对我说道："甄老师，你的直播间粉丝给你的绰号，就叫心理神探，是懂心理学的侦探的意思。现在流行这种混搭风词汇。"

我挠挠头，无奈道："这称呼真怪，其实我只是单纯地想赚钱而已。"

老周揉了揉额头，对我说道："其实咱们想让多多神不知鬼不觉地加入进来，方法有很多，最简单的方法就是，咱们再次入住那个别墅区，然后让多多悄悄地来找咱们。"

章玫赞同道："周叔叔这个办法好，我这就去订那个别墅区的民宿，等咱们搬进去，再让多多趁着夜深人静，来找咱们会合。"

章玫订好整套别墅，我们立刻就搬了过去。到了别墅区之后，我发现我们这次入住的地方，居然就在多多的小别墅隔壁。

我也知道这必然是章玫精心挑选的结果，心中对这个细致的小妮子很是认可。我想起和前妻在一起的时候，前妻就是等着我安排，当我不安排的时候，就会和我耍脾气。而章玫在工作和生活中则是把一切都安排好，我只需要安心踏实地享受。

| 第十二章 | 泄漏原因

少年农庄到多多所在的别墅区，路程并不远，也不过就是一个小时的时间。这次是老周开车，平日里都是我坐副驾驶位，章玫坐在后座。这次章玫执意让我坐在后面，说是让我养精蓄锐，等见到多多的时候，能够保持清醒，随后章玫自己坐在了副驾驶的位置。

老周开车又快又稳，他每次都能把自己的桑塔纳开出兰博基尼的风范来。所以，即使我坐在后座，也丝毫没有倦意。

虽然我心中烦躁，但是我还是得努力让自己静下心来。因为我很清楚，在这个关键时刻，最难的地方就在于，我们没法完全清楚地判断多多的面孔，但必须和多多合作。毕竟在艾文这件事情上，多多利用了我们，所以我们再也没法如同之前合作一样与多多心无芥蒂地相处了。

我一路闭眼假寐，心中却是翻江倒海。直到老周的车停了下来，我睁开眼睛，看到了别墅区气派的门口。我看看时间，老周果然再次用了25分钟，就走完了一个小时的路程。

安顿好了之后，我已经收到了多多的微信："老甄，你们到得好快。我刚才在阳台已经看到你们开进了小区里了。我什么时候过去和你们会合？说真的，虽然只过去了几天时间，但是我很想念你们。我甚至都有点后悔了，毕竟连累了你的女儿。"

我把多多的微信消息说给老周和章玫听，老周说道："我先看看这里的地形，然后看看多多从什么位置进来，最为神不知鬼不觉。你先不要回复她。"

老周说完转身出门。我和章玫都很清楚，老周除了去侦察地形之外，还要去安排人手，在我们附近暗中守卫，好能确定我们到底有没有被梁品茹的人追踪盯梢，如果有，他就得想办法做手段了。

章玫给我泡了杯茶，劝慰我喝了几口，对我说道："甄老师，我知道你最近心思很乱，但你还是得振作起来。咱们这几个人，还得靠你找到最为关键的那个线索。至于彤彤这边，我觉得没有消息就是好消息。好人有好报，彤彤一定会没事的，你现在就是需要静下心一步步救出彤彤。"

我一边摸着照片上彤彤的笑脸，一边勉强对章玫挤出来个笑脸，说道："谢谢你，玫子。我会尽快把心思沉下来的。"

　　章玫坐在我身边，用手轻抚了一下我的额头，小手凉丝丝的，让我感觉很是舒服。我闭上眼睛，把艾文在街头自杀之前所有的细节都仔细思索了一遍，试图从中找出关键点来。

　　章玫在旁边静静地陪着我，如同一只乖巧的小猫。我屏气凝神，把所有的事情在脑海里反复思量，感觉有一个地方怎么想都想不通。

　　我猛地睁开眼，却看到章玫睁着一双妙目看着我，满眼的崇拜和爱意。章玫见我睁开眼，脸一下就红了起来，瞬间又转为担忧。章玫连忙起身，对我说道："甄老师，你渴不渴？我去给你再倒杯茶。"

　　我对章玫摆摆手，示意不用，章玫坐到了我的对面，刚才的羞涩已然褪去。章玫对我问道："甄老师，你是不是想到了什么？"

　　我说道："是的，我想到了两个细节。第一，艾文是怎么知道我小时候的经历的？他甚至还在他长大的城市给我做了个陷阱，要不是老周反应快，我就已经掉进下水井了。第二，梁品茹是怎么知道我的前妻和孩子的情况的？"

　　章玫说道："这个也不难解释，毕竟周叔叔执行任务时害怕听到的念经声，艾文也掌握了。你想想上次我们经历的车祸，他们既然有能力知道周叔叔的情况，当然也有能力知道你的情况了啊。我想的是，我们把彤彤救出来之后，要不甄老师你自己带着吧，你的前妻不太靠谱，出了事情只会埋怨人。要是你一个大男人，不太能带孩子的话，我可以帮你带的。只要甄老师额外付一份工资就好了。"

章玫的这番话就有了表白的味道了，但是这个时候，我哪有心情去面对这个小姑娘的情感。正在尴尬之际，老周开门进来了。

老周进门之后，对我和章玫说道："到目前为止，我没有发现我们被跟踪。但是这间民宿，我用设备检测过，是有偷拍设备的，当然我把检测到的摄像头都用口香糖黏住了。但是我没法确定这个地方是否还有其他类似录音或者更高级的监控设备，所以，我认为我们可以去多多那套别墅里商谈下一步计划。我把这个别墅区的地形都侦察了一遍，可以从这套房子直通地下车库的门户出去，然后从多多那边同样的门户进去。"

我对老周嘘了一下，说道："老周，既然这套房子里有摄像头，我们在不安全的情况下，还是不要商量这些正事。这样吧，咱们三个出去散散步，边走边聊。"

小区是整个仿江南山水的设计，如同花园一样，我们三人顺着人行步道，往僻静处走去。步行不远，我们就爬上了小区内假山顶上的小凉亭。这里居高临下，可以随时看到周围的动静，而且四处空旷，也不用担心我们交谈的内容被其他人听到。

到了山顶，仿佛有一种世外桃源的感觉，我瞬间因为心里踏实，感到周围空气都是清新的。

深吸几口空气之后，我把刚才想到的问题，再次对老周讲了一遍。老周沉思了一下，对我说道："老甄，你说的这个问题，我也找我的各路线人去调查过，毕竟我是经常调查别人的，很多时候为了查清案子，我甚至都要把嫌疑人的根底全都查清楚。但是调查工作是个艰苦细致的工作，不是一两个人在办公室开开会、聊聊天就能做到的，肯定是需要整个团队经过认真细致的摸排走访，才能做到。有很多细节，甚至还需要去接触嫌疑人的各种关系人，反复盘问比对，才能对嫌疑人的行动轨迹摸查清楚。艾文能够知道我当年在缅甸执行任务的经历，那一定是找到过我的战友，不论是用什么手段，但是也必须是接触我的战友才能知道那段往事的，才能发动对我的攻击。那么这个调查工作说明，艾文背后有一个强大的调查团队。可是我发动线人查访，就是查不出来这个团队的痕迹。老甄，有没有问过你的旧日相识，是否有人问过你小时候的经历？"

我摇摇头道："我小时候的那段经历，除了我自己之外，就只有搬家前的老街坊知道。可是那些老街坊，因为我父母居住的老公房经历过拆迁，而且是给的拆迁款，不是给的拆迁房，所以这些老街坊早就分散老家各处，还有跟随儿女去了其他城市的。所以，就算是我，或者我的父母，想找到这些老街坊的下落和联系方式，都不容易。艾文或者他背后的团队，要是连这些都能做到，那他的力量真是强大到我们难以想象了。"

章玫听我和老周说完之后，对我们说道："甄老师，你的意思是不是，你们的事情不是被调查出来的？那艾文怎么可能知道呢？"

老周说道："任何一件事情，如果别人知道了，那就只有两种渠道—— 一个是别人自己知道的，一个是你自己告诉别人的。如果咱们的事情不是被艾文调查出来的，难道是我们自己讲出去的吗？要知道，我在缅甸执行任务的那场经历，我对你们都没有说过，对多多就更没有说过，怎么可能泄露出去呢？老甄小时候因为一件玩具诱发了一个小孩子车祸死亡的那件事，我相信，你也是把那段记忆深埋在心底，如果不是那天场景重演了，你自己都想不起来了。你也从来没有告诉我过，你有告诉过章玫吗？所以艾文是怎么知道的呢？"

|第十三章| **真实面目**

我回答道："想知道一个人的过往，除了从外围调查之外，其实还有一个最为重要的手段，那就是让这个人自己说出来。从心理学的角度讲，根本用不着这个人直接说出来，通过一些看似碎片化的表达，就能推断出这个人内心的隐秘。而且还有催眠等更为直接有效的手段。"

老周说道："你的意思是，这些事情其实是我们自己泄露出去的？如果是我们自己泄露出去的，那么艾文是怎么知道的？我们之间，和艾文有直接关系的，就只有多多了。可是多多来向我们寻求帮助，而且在当时的情境下，她还出重金雇用我们调查和对付艾文。如果是多多把我们的这些情况收集整理出来，然后又交给艾文，让艾文对付我们，那她图什么呢？毕竟当时的咱们也没什么值得算计的。咱们现在能实现财务自由，还是因为多多这件案子。所以这一切在逻辑上都解释不通啊。"

章玫突然说道："也不是完全解释不通，周叔叔说解释不通，其实是从理性的角度来说的，但是从感性的角度是解释得通的。"

我和老周都不由自主地看向章玫，等章玫说下去。章玫脸上的拘谨一闪而过，对我们说道："也许这笔钱，虽然是在艾文手里，但是其实并不是艾文真正能占有和控制的，所以，如果多多和艾文本就是合谋，打算吞掉那笔钱，但是他们不敢直接对抗那笔钱的实际控制者，所以，他们找来我们三个，作为对付艾文的人，然后等我们把那笔钱拿到之后，或者假装对付了艾文之后，再将我们弄死。这样的话，我们三个就成了他们的替死鬼了。"

我和老周本来还很期待，但是听章玫说出来的这番话，完全没有逻辑，虽然想象力倒是天马行空。老周忍不住反问道："那为什么反而最后死了的是艾文，而不是咱们呢？还有，上次咱们来这个地方，我在路上受到干扰，要出车祸的时候，多多也在车上。要是出了车祸，多多也必然和咱们一起死掉，就算有陷阱，也不可能把自己的命也豁出去吧。"

章玫听完老周的话，忍不住扑哧一笑，说道："我说吧，周叔叔和甄老师都是直男思维，你们忽略了最善变且不受控制的一个东西，那就是情感！在男男女女的大千世界里，男人会利用女人，女人也会利用男人。但是往往女人是对于感情十分敏感脆弱的一个，像梁品茹那样为了利益甚至失去感情的人绝对是少数的，大部分女性会被自己的情感所控制。如果一个女人对男人有真情，那么在实际生活中很可能就像失去辨识能力的小傻子；如果这个女人的真情没有得到回应，那么她报复起来，也是很吓人的。"

章玫的这番话，让我想起了前妻，前妻和我是初恋，但是当我的事业遇到了挫折之后，尤其是和当时的寒光集团较量的时候，她从小受到的明哲保身的教育，让她迅速地离开了我，还让我净身出户。男人认为的稳定，和女人认为的变化，本来就完全是两个世界的东西。

我对章玫说道："你的意思是不是，本来多多有可能是和艾文一伙，找咱们三个做替死鬼的？但是那次车祸之后，她发现艾文对她也动了杀心，所以那之后，她发生了变化，改变了计划？"

章玫说道："这还是你的直男思维，其实对于女人来说，她要是喜欢这个男人，哪怕是为了这个男人杀人，为了这个男人去死，可能都是心甘情愿的。但是如果她不喜欢这个男人了，而是喜欢另外一个男人了，她的立场就会迅速改变的。甄老师，你刚才说的多多的转变，是从车祸遇到危险，还有她差点上吊自杀这些经历来分析判断的。但是从女性的角度来说，其实变化只有一个点，那就是，我喜欢你了，而不再喜欢他了。而女人的喜欢，有时候，也就是见面第一眼的那一瞬间的事情。我想多多在见到甄老师的那一面开始，就有了变化。如果艾文和多多本来就有更深的同谋的话，那么这种变化，艾文也一定感受得到。如果艾文感受到了，纯粹从两性情感的角度来说，也可能是触发艾文对多多下杀手的原因。"

老周这种多年老光棍，听章玫说这些，更是听得满头雾水，我却理解了章玫的意思。我解说道："章玫说的其实是人类情感中很常见的现象，就是亲密度分配和亲密度转移，亲密度转移也就是俗称的'移情别恋'。当然，亲密度转移不只存在于恋人之间，还存在于亲子关系之间。我和前妻的夫妻关系之所以本身就存在很大的问题，其实也和亲密度认知的不同有关系。我前妻认为亲子关系的亲密度要高于夫妻关系，而我认为夫妻关系的亲密度要高于亲子关系。所以她会认为我在她心中的亲密度排位，低于她的所有有血缘关系的人。而我认为，我应该在她内心深处是排在第一位的，因为她在我的心中，曾经也是排在第一位的。而我前妻却认为，她能够把我排在所有血亲之后的第一位，就已经是对我最大的认可了。这样的亲密度认知的冲突，造成了她对我的亲密度疏离，造成了我们之间的亲密关系解体，一旦有人生变数出来，我们的关系就会脆弱得如同玻璃杯，轻轻一摔就碎了。

"章玫刚才说的，可以说是根据女性的天然的情感敏锐性。假如说，多多对我的喜欢，超过了对艾文的喜欢，那么对于女性来说，她的亲密度转移到了我身上，艾文一定会感觉得到，人类从生到死，在人和人的关系中，本质上都是争夺亲密度和通过亲密度来建立关系的。"

我以为我说完之后，老周会清楚一些，但是没想到，我说完之后，老周反而更加一脸蒙。老周挠了挠头发，对我和章玫说道："你们说来说去的，我都听不懂，但是我理解了你们的意思，那就是，多多可能一开始是想着利用咱们的，但是后来因为她喜欢上了老甄，所以她变了心，然后反杀了艾文。说起来，艾文自杀的根本原因到现在我们还都没有解开。"

章玫忍俊不禁，哈哈笑道："周叔叔，我和甄老师刚才说的那么一大段话，通过你解读之后，又成探案了。不过我们本来就是在探案。"

我说道："说起这个，我倒是再次想明白了，为什么梁品茹会来找我了，而且是用绑架我女儿彤彤的手段来迫使我就范。"

章玫说道："其实梁品茹早就说过原因的，只是甄老师你终究还是个大男人，对女儿家的心思不够重视。梁品茹找你就是因为她已经确认，多多对你喜欢的程度可能远超过你的想象，所以才会用你去对付多多；而且她也知道，彤彤是你最为在乎的人，所以绑架了彤彤来对付你。"

老周说道："梁品茹能知道多多喜欢老甄，那说明，她们之间的关系也并没有那么简单。现在咱们再重新捋一下关于那10亿元黑钱的人物关系。艾文、梁品茹、多多这三个人，艾文死了，钱到了多多手里，梁品茹一定要夺回这笔钱。他们三个人真实的关系，远比咱们知道的更为复杂。所以，咱们和多多碰面，还真是得小心谨慎，不能那么轻信了。"

章玫忍不住对老周开玩笑道："周叔叔，你真的能做到不轻信吗？要知道，你是喜欢多多的，喜欢一个人的时候，就特别容易相信这个人的。"

老周皱了皱眉头，说道："其实我好像更喜欢破案，相对于真相来说，谁都没用，这可能也是我为什么一直光棍到现在的根本原因。"

第十四章 多种可能

我说道："这种可能性还是有的，而且可能性很大，所以我想，我们可以和多多会面了。"

我给多多发了微信消息，告诉她，我们晚上从地下车库的门后，直接转移到她的房子里去。多多回复说好，让我们提前通知她，她好把门提前打开。

我们三人先行去别墅区附近的一个商场吃了晚饭，在包厢内，我们三人商量好，老周去找专门的救人团队的事情，在多多面前，谁都不能提起。如果实在有事需要沟通，就直接发微信。

晚上十点半，我给多多发了微信消息，告诉她我们就要去她那边。多多很快回复，让我们到门口发消息，然后她开门。

我们三人拉着行李箱，顺着别墅内部的楼梯，走到地下车库的门户，打开门，走到了多多的别墅的地下车库门口。我给多多发了消息，很快，房门就从内部静悄悄地打开了一条门缝。

老周一马当先，先行推开了门，我和章梅跟在老周的身后，鱼贯而入。

多多身穿睡裙，在别墅的地下室内冻得瑟瑟发抖。我们都进了门之后，多多又去把地下室的房门反锁，这才和我们三人打招呼道："老甄、老周、章玫妹子，咱们四个又在一起了。章玫妹子，今天晚上，咱俩睡一个房间吧。"

章玫笑道："多多姐姐，别墅这么大，为什么卧室只有三个呢？他们两个大男人，估计是无论如何都不会愿意挤在一张床上睡觉的。咱们两个女孩子，在一起香喷喷地睡觉，更为舒服。"

多多笑靥如花，对我和老周说道："我也知道老甄的女儿被梁品茹控制，老甄心急如焚，老周这些日子陪着老甄救孩子，也是连续奔波。我这几天，东躲西藏，日子也并没有好过太多。但是今天晚上，咱们大家一定要好好睡一觉，明天我把我知道的全部告诉大家，咱们好合力把彤彤救出来。"

多多说完，带着我们三人从地下室爬楼梯上楼，整套房子，一楼是客厅、餐厅和卧室，二楼是两个卧室，三楼是书房和露台，但是早就被多多密封成阳光房了。

老周自己睡在一楼的卧室里，一楼靠近门户，万一有什么风吹草动，老周能最先反应。二楼两个卧室，章玫和多多睡在里面那间，我睡在靠楼梯口那间。好在所有的房间都是自带洗手间的套房，大家相对比较方便。

我简单冲了个澡，刚躺在了床上，老周的微信发了过来："我刚才用设备把我能进去的地方都探测了一番，没有发现窃听器和摄像头。而且我还在门口和阳光房安装了红外警报器，一旦有情况，就会显示在我的手机上。"

我给老周回复了一句："好的，老周。这些日子也辛苦你了。"

老周回复道："兄弟的事儿，别客气。老甄你也踏实睡觉，梁品茹那边，短时期内是不会对彤彤怎么样的。而且我老觉得，梁品茹这么操作，并不是利用彤彤逼你就范那么简单。所以救出彤彤这件事，咱们除了从长计议之外，还得双管齐下。"

我回复道："我知道，而且等彤彤救回来之后，我还得对她进行催眠治疗和各种心理干预。精通心理学的梁品茹，对掳走彤彤这件事，肯定还有后招。"

和老周聊完，章玫的微信消息传了过来："甄老师，我在洗手间洗澡呢，给你发消息，是因为刚才多多问我，和你的关系有没有进一步。她说你现在压力很大，还说男人在压力大的时候，是需要女人的温存的。"

看到最后这句，想起我唯一温存过的女人就是前妻。前妻对两个人互相搂抱着睡觉很是反感，甚至和我提出过无数次两个人在一个房间睡觉互相影响睡眠。生了孩子之后，她索性就和孩子睡，让我去其他房间睡了。我似乎都习惯了自己一个人睡觉，对身边是否有个女人，都完全没什么感觉了。可是章玫突然说起这个，我完全不知道该怎么回应了，只好回复了个不知所措的表情。

章玫的语音回复过来："甄老师，多多姐姐让我问你，你今天晚上需不需要女人来温存啊，是想我过去，还是她过去啊？"在语音的后半部分，还传来了多多的声音："玫子妹妹，我是说让你过去陪甄老师，你怎么把我也绕进来了。"

我也只好把这个消息自动忽略掉，假装睡着了。但是过了几分钟，章玫的语音消息再次传了过来："甄老师，你是不是真的在考虑我们两个一起去陪你？哈哈哈……"随后多多的声音也传了过来："玫子，你还是不要吓到老甄，我估计他都吓得关了手机了。"

我无奈地笑笑，把手机放在一边，抱着枕头闭上眼睛，也许是疲惫极了，很快就沉睡过去了。

第二天一早，我被敲门声叫醒了，我答应一声，章玫的声音传了过来："甄老师，起来吃早饭吧。我和多多姐姐已经把早饭都准备好了。吃完早饭，多多姐姐说，有许多话要对咱们说。"

我连忙一翻身就从床上爬了起来，洗漱完毕，去了餐厅。餐桌上摆着小笼包、小米粥、油条、煎蛋、烤肠。诱人的香味勾得我的食欲还真是荡漾了起来。

老周已经坐在餐桌旁，给自己盛了碗小米粥，随手拿起一根油条，三两口嚼着，另一只手夹起煎蛋，塞进嘴里就咽了下去。

多多和章玫把最后一盘凉菜端上餐桌之后，也坐了下来。我刚坐在餐桌上，章玫就给我盛了碗粥。我端起粥来，喝了一口，猛然反应过来，在章玫出现在我的生活之后的大半年时间里，我已经习惯了她对我的照顾，大多数时候，我对章玫随手给我递过来的水、递过来的饭、递过来的水果零食，连谢谢都没意识说了，而是把这一切视为理所当然。

老周是军人出身，吃饭狼吞虎咽，才几分钟，就已经吃了一屉包子、三根油条、两根烤肠、两个煎蛋，然后就出去抽烟了。

章玫和多多两个人吃饭斯文秀气，一根油条半天都没有咬完。我们三个吃完早饭，章玫和多多收拾完桌子，老周也坐了过来，我们索性就在餐桌上开起会来。

章玫沏好了茶水，多多坐在我和老周对面，搓了搓手，才开口说道："这件事，我也不太好意思对你们开口。但是我也没想到梁品茹居然会对老甄的女儿下手。我本来以为自己把那些黑钱卷走，销声匿迹地过上几年，等梁品茹她们一伙作孽多端，被抓被判之后，再出来享受生活。但是没想到，她们的手段比我想的还要恶劣，还要卑鄙。"

我们仁静静地听着多多继续说下去。

多多眨动美目看了看我和老周，继续说道："这件事还是要从我当初认识梁品茹开始说起。在我悲恸欲绝的时候，梁品茹来安慰我、陪伴我了，虽然后来我知道，她当时所做的一切都是别有用心和目的的，但是对于当时的我来说，她也是我的救命稻草，没有梁品茹当时对我的陪伴，我可能在那一年，就结束了自己的生命。"

|第十五章| 人为财死

　　我和老周静静地听着，如同我们初次相逢，听着多多给我们讲述她的经历一样，我心中在想，如果多多这次给我们讲述的内容，和之前给我们讲述的内容不一致的话，我该选择相信哪个版本呢？还是两个版本都不相信呢？

　　多多继续说道："当时，我的整个世界都是黑色的，那时候不管是谁，只要他能给我点温暖，我想，我都会对他感激涕零。梁品茹也就是这个时候走进了我的生命。说起命运，老甄，你相信命运吗？你相信命中注定吗？"

　　多多说完，眼睛盯着我，等着我回答这个问题。

　　我回望了一眼多多的眼神，同时看到章玫也陷入沉思的样子，同时看着我，似乎也在等着我回答。老周则面无表情，对多多对我释放出的情愫视若不见，一本正经的，如同审讯的刑警队长。

我稍微思索了下，回答道："命运这个东西，相信的话它就存在，不信的话它也存在。不过决定我们未来的，一定是我们的选择，选择才是命运。但是最难的是怎么选，很多时候，之所以我们会对命运有一种无力感，是因为我们的主客观条件让我们没得选，或者说不得不选，可是饮鸩止渴的选择会对我们的命运造成更为糟糕的影响，结果是我们因为自身的各种原因，不得不相信这是命中注定。但是所有的注定背后，其实还有着更为复杂的逻辑，那就是当我们努力通过我们的自律，去一点一点地改变自我的时候，我们就会欣喜地发现，命运随之改变了。所以我相信的命运，是我能取舍选择，我能牢牢把握的命运，而不是我无可奈何，只能被动接受的命运。"

我话音刚落，多多的眼泪再次流了下来。这种情态要是初次见面，我还是很容易被打动的，但是这次见面，我心中保留着怀疑态度。我只是配合地表达了个怜惜的眼神。章玫则照旧体贴地给多多递了纸巾。老周则继续保持审讯者的冷静观察，一时之间，气氛尴尬了起来。

多多把眼角的眼泪擦干，调整了下情绪，这才继续说道："老甄，你说要是我在那一年遇到的是你，该有多好，也许你可以帮我走出那段阴霾的时光，也不至于让我选择了饮鸩止渴的梁品茹。梁品茹介绍我认识艾文的事情，我已经都讲过了，就不再说了。我也没想到梁品茹才是艾文背后的BOSS，所以，我整理了和梁品茹打交道的所有细节，看看能不能对老甄救回女儿有所帮助。"

多多终于说到了重点。老周忍不住插话问道："你是怎么确认梁品茹和艾文之间，梁品茹才是那个幕后的主导者，而艾文不是呢？"

我和章玫虽然能明确感觉到老周已经努力用很温柔的语气来说这句话了，可他话里话外流露出来的审讯嫌疑人的气场，还是压得大家都喘不过气来。

多多望了老周一眼，正色回答道："有两个证据。第一，我从艾文的手机中，找到了他和梁品茹的聊天记录，在聊天记录中，艾文和梁品茹的关系明显是梁品茹制订各种计划，然后艾文去执行。包括对付我的事情，如何让艾文投我所好，也都是梁品茹一步一步具体指导的。第二，我对艾文产生怀疑之后，曾经私底下悄悄地问过梁品茹对艾文的了解程度。但是奇怪的是，梁品茹在那之后，好像无意间说漏嘴一样，给我透露出艾文其实很有钱，并且开玩笑说，要是艾文死了，我要是能继承的话，可以立刻去享受人生了。"

老周再一次问道："艾文的手机还在吧，可以给我们看看吗？"

多多点点头，随后捋了捋头发，说道："在我这里，我一会儿就拿给你们，也许你们可以在艾文的手机里，找到有价值的线索。"

我对多多说道："多多，你说梁品茹有意无意地对你说，要是能继承艾文的财产，立刻就能实现财务自由。你是动心了是吗？"

多多沉痛道："对。这也是我找到你们的时候，对你们隐瞒的部分，我的确在听到梁品茹这句话后，心动了一下。但是我还没有什么想法，只是想搞清楚，艾文对我到底是什么用心，是喜欢我，真爱我，还是玩弄我，想害我？所以，当我无意间找到了艾文前妻曹洁那本笔记的时候，我开始更加相信，艾文是想对我谋财害命。我之前找老周的时候，本来只想查清楚艾文到底是怎么回事；但是当老甄解读出曹洁日记的真相之后，我开始有了新的想法，那就是我不能坐以待毙。

"在我们共同去付家村寻找宝藏真相的时候，我发现我已经两个月没来例假了，我们挖到了黄金之后，分了钱，我自己悄悄地去医院做了检查，发现已经怀孕了。如果没有发生这么多事情，我和艾文的孩子，本应让我倍感幸福的，但是事情搞成这个样子，我却只能把孩子打掉。

"我在酒店里，有时候和章玫同住，有时候是自己独居。当我自己在房间里的时候，辗转反侧，不知道自己未来的命运会如何演变，感觉自己想抓又抓不住。有时候我想，千万不要被艾文害死；有时候想的是，艾文会不会看在我肚子里孩子的分上，放弃害死我的想法，和我一起把孩子带大；有时候又会想，艾文要是死了，就算我和他没有注册结婚，但是凭着我肚子里的孩子，我也可以继承他的一大笔财富。毕竟，我和你们已经把艾文的背景查了个清楚，艾文的亲生父母都死了，那么我肚子里的孩子，就是艾文唯一的继承人。"

我问道："多多，你告诉过我，艾文在临死前，在老街上看到了你，他说了'童年'两个字是吗？那你认为艾文到底是怎么死的？"

多多眼圈又红了起来，抽搐了好一阵子，才平缓了情绪，继续说道："我只能是猜测，因为我并不能确定到底是怎么回事。我想是梁品茹害死了艾文，因为……"

平日里精明能干的多多，居然吞吞吐吐起来，看起来好像有难言之隐，我们三人大感惊讶，老周忍不住问道："多多，到底因为什么？"

多多用双手捂了捂脸，这才下定决心地对我们说道："因为艾文的手机里，有一段保留在'收藏'里的写给我的话，那段话中说，艾文知道自己也很可能要死了，他留给了我一笔钱，那笔钱存在瑞士银行的秘密账户里，只需要提供账号和密码就可以转出或者取出。在那段话的最后，艾文说，他的心流浪了这么多年，遇到我之后，才找到了家，所以他后来是真的爱上了我。

"我看到这段话的时候，艾文已经死了，我本来还沉浸在艾文对我谋财害命的仇恨里，但是当我看到这段话的时候，感觉自己的内心深处像被什么东西戳了一下一样，是那种痛得说不出来的感觉。老甄，其实我找你的原因，一方面，是我发现我把钱拿到之后人间蒸发，梁品茹为了让你对付我，居然绑架了你的女儿来威胁你；另一方面，则是因为我也想知道艾文的死亡真相，如果能查清是梁品茹害死了艾文，那么我也希望你能将她绳之以法。"

第十六章 | 真假难辨

　　章玫见多多再次泪眼婆娑，忍不住抱住多多，安慰道："多多姐姐，那你是什么时候发现艾文给你的留言的？是在咱们大醉之前？还是大醉之后呢？"

　　我和老周听到章玫问出这么关键的问题，都不由得从心里感慨：果然还是女人最懂女人，也是女人能对付女人。女人的眼泪是对付男人最好的武器，但是女人的眼泪对付女人无用。

　　我和老周虽然保持着警惕，对多多说的话也保持着怀疑的态度，但是当我们看到多多梨花带雨的伤心情态，就算是明知道，在不久的当初，我和老周都差点死在艾文手中，但是听多多讲起往事，还是感觉一股怜惜之情，难以克制。本来看到章玫去给多多擦眼泪，还以为章玫是被多多的爱情故事所感动，毕竟女孩子最容易相信爱情了。结果没想到，章玫反而问出了我们想问却不好意思问的问题。

章玫突然问了这一句话，多多猛地怔了一下，眼泪戛然而止，随后满脸的羞赧之情浮现出来。多多把眼角的余泪擦干净，又缓了一阵子，才再次开口说道："我在整理艾文遗物的时候，就已经看到这段话了。但是人都是有贪念的，我当时满脑子都是想着把那十亿财富先收入囊中，而且我不想在你们三人面前暴露我对财富的觊觎之心。而且我也知道，这一大笔钱不是好吞的，所以我当时就做好了吞到钱就消失的准备。那天请你们喝酒唱歌，我其实是提前吃了解酒药的，所以那天晚上才千杯不醉。我那天走了之后，其实还很担心你们会不会有危险，还专门给了服务员一笔不菲的小费，让她们好好照应你们。我假装出国，到了这里，随后，给你们分别转过去一部分钱，好让自己心里好受一些。但是我真没想到梁品茹居然能用老甄的女儿来威胁老甄。老甄，要是通过其他办法实在不能救出彤彤，那我就把这笔钱吐给梁品茹，先把彤彤换出来。毕竟在我心里，老甄比这10亿重要。"

多多此言一出，我都感觉到了整个房间内的气氛为之一沉。我刚才还认为章玫厉害，现在看来，章玫和多多两人比较，就心机深邃来说，章玫在多多面前就是个宝宝。

多多这番话，先不论是真情还是假意。第一，我没法反驳质问，因为现在我们找到多多，是为了合作的，如果反驳质问，这合作的基础立刻就破裂，我只能选择正面回应。第二，只要我正面回应了，我们四个人的关系就会出现尴尬的局面。老周爱慕多多，章玫暗恋我，只要我回应了多多的这个情感表白，老周和章玫的情感都会受挫。我们四个人就算能够合作，也难以做到亲密无间了。第三，要是多多对我都是真心的，我不给合适的回馈，没准会让多多对我示爱不成，由爱生恨，到时候就更加麻烦。

我仔细思量了好一会儿，对多多回应道："我担心的是，就算是你把那大笔钱都给了梁品茹，我想她也未必把彤彤放出来。从威胁恐吓的角度来说，只要有一次威胁成功，不管是利用被胁迫者的隐私，还是利用被胁迫者的亲人的安全，只要成功有效，那一定会想方设法把威胁进行到底，而绝不会只利用一次的。所以咱们还是要另想办法，如何才能把彤彤安全地救出来。对梁品茹要采用假合作真对付的态度，绝不能真的按照她的要求来。"

老周反应很快，立刻就接话道："老甄，咱们俩分头行事，你和多多负责迷惑梁品茹，制造要和梁品茹交易的假象，最好能引诱她供出关于彤彤的囚禁地点更多的细节，我和玫子去追踪彤彤。咱们分工合作，双管齐下。至于梁品茹，我担心的是，就算我们把彤彤救出来，梁品茹也不会善罢甘休。那么我们要想真正安全，还是得把梁品茹以及大概率存在的幕后犯罪团伙都一网打尽。"

章玫在多多身后对我和老周悄悄地比画了个大拇指的手势，我和老周都面无表情，没有回复章玫。倒是多多，听完老周的安排之后，脸上一丝喜悦稍闪即过。

多多稍微整理了下自己的妆容，对我们缓缓说道："这件事情因我而起，要不是我对那一大笔钱起了贪心，也不会惹来这许多风险和麻烦。其实对于艾文来说，我的本意也只是想把他从我这里骗走的那2000万拿回来，但是没想到，他最终却惨死街头。而且梁品茹一伙为了这笔钱，甚至绑架了彤彤来威胁老甄。我们决不能让彤彤再出危险了。所以，不管通过什么渠道、什么手段，只要能救回彤彤，不管花多少钱，都由我来支付。等彤彤被救回来，梁品茹团伙被制裁，那么剩下的那一大笔钱，咱们将能归还受害人家属的部分归还出去，剩下的没法归还的，咱们都捐出去，真真正正地做慈善。"

我们三人对多多的话感觉真假难辨，但是我们还必须要和多多合作，所以我们三人几乎是异口同声地说道："能做慈善的话，那真是太好了。毕竟不义之财，招灾惹祸。"

章玫毕竟青春率真，没有城府，凭着自己在多多身后不被看到，对我和老周吐了下舌头，坏笑了下，随后变化出一本正经的表情，说道："多多姐姐，从小我阿婆就和我说过，人要是拿了不属于自己的东西，就会有各种各样的麻烦惹上身来，直到你把那东西丢掉或者还回去。这次梁品茹通过绑架彤彤来逼迫甄老师对付你，就算甄老师不就范，或者是没法做到对付你，梁品茹也会去找其他人来对付你。就算梁品茹达不成心意，可是如果她放出风声，你身上有10亿的黑钱，我想，不管你走到哪里，都难得安宁吧，包括你的朋友们，都没法判断是不是会为了这笔钱对你动手了。毕竟这么一大笔钱，你能从艾文身上拿到，别人凭什么不能从你身上夺走？"

多多转头看了一眼章玫，微笑了一下，说道："玫子，我没想到你这么年轻，就有这样的悟性，难怪老甄这么喜欢你。唉，我也是一时鬼迷心窍，照理说，我并不缺钱，也不缺赚钱的能力。可是当时我也不知道自己到底怎么想的，此时此刻，我才真实地感觉到，能有你们，比多少钱都重要。我在工作中，也经常见到白手起家的富一代，他们自己踏踏实实赚来的财富，都能守得住。而靠拆迁暴富、继承暴富，甚至博彩暴富的那些人，财富多了，反而是祸害，他们的能力根本扛不住这么多财富的引诱的，那些财富，很快就会被他们挥霍一空，甚至引来各种居心叵测的人，用尽各种手段，将他们的钱财巧取豪夺。我想想，才和你们分开一周时间，其实这几天里，我真的是每天都难以踏实入眠，直到昨天晚上，我和玫子同屋安寝，老周、老甄和我都在同一个屋檐下，我才能踏踏实实地睡一个好觉。"

|第十七章|　兵分两路

章玫俯下身子，轻柔地抱了一下多多，柔声说道："多多姐姐，其实这几天，我也很想念你。"

我和老周满脸汗颜，不知所措，正好趁机到窗口去吸烟。刚才互相试探的氛围一扫而空，我和老周一边吞云吐雾，一边小声地交流道："咱们是分工不分家？还是分工也分家呢？"

分工不分家的意思就是我们统一行动，只不过我和多多负责对付梁品茹，老周和章玫负责对接营救彤彤那些人。分工又分家，就是我们索性四个人分成两组，分头行动。

老周把烟圈吐了出去，对我说道："还是分工又分家的好，毕竟我和章玫去对接的那伙人的情况，得回避多多。"

我问道："如果咱们分开行动，梁品茹那边会不会起疑心？这个该怎么应付？"

老周说道："这个好办，你想个理由，比如说你得小心翼翼地查出多多的地址，而我和章玫就是根据你的线索，去锁定多多的地址的。一般来说，从联系上一个人到能找到这个人，周期至少是三个月到半年。所以咱们一起工作，或者分头工作，也都属于正常。"

我说道："那你的意思就是，我号称联系多多，在这里深居简出，其他事情由你和章玫出面去做。"

老周点头道："是的，就是这样。如果有什么事情，需要你在现场，那你就再出现就好了。"

我们抽完烟回去，继续商量下一步的计划。多多拿出笔记本电脑，对我们说道："这是我从艾文的遗物中找到的资料。有关于他们给一部分孩子进行心理操控的内容。具体的东西，老甄、老周，你俩仔细看看，看看能不能有什么发现。"

艾文的这个资料是个文件夹，文件夹中有两段视频、十几张照片，此外，还有两份文档。文档的内容堪比专业论文，那就是对未成年人的心理状态把握，以及如何用语言来影响未成年人的思想。这样一篇文案，如果翻译成东南亚文字或者非洲文字，对这些地方的军阀训练童子军，简直可以提升不止一个档次。

老周和章玟都围坐在多多的笔记本电脑前，仔细观看视频和照片，打算从其中找出蛛丝马迹，我则把那两份文档拷贝到手机里，仔细阅读。

我认真阅读之后，确信这个世界上是存在这样一类人的，那就是不论什么技能什么理论，都能被用来害人。就好比同样是医学，有人学来是为了治病救人，有人学却是为了研究酷刑和如何下毒。艾文正是这类人，他满身的心理学理论和实践的造诣，最后却全部用来进行心理操控，甚至还对未成年人进行心理操控。

在这两篇文档里，对未成年人分成两个年龄段，一个年龄段是8～10岁，另一个年龄段则是15～18岁。这两个年龄段是未成年人的两个叛逆期，在未成年人的叛逆期之内，自我意识开始觉醒，对家长、老师的话开始怀疑，但是心智又不成熟，对外界充满了好奇和探索心，可是辨别能力尚未完全建立。因此在这个阶段对未成年人施加影响，能够更容易实现自己的意图。文档中还大量列举了对于未成年人的训练和使用的古今中外案例，包括旧社会的学徒制，师傅招收学徒的年龄基本上也是在这个年龄段。而如何对未成年人进行影响，则主要分成两个渠道：第一，成年人的正反两个方向的影响，正面影响就是引诱，反面影响就是威慑。第二，通过未成年人之间的社交关系，通过奖惩机制，来建立未成年人内部的竞争倾轧，对未成年人的集中洗脑需要三个月到半年，这段时间要建立未成年人的依赖，以及未成年人群体之间的关系。

三个月到半年，也就是说，如果我不能在三个月之内将彤彤救出来的话，那按照艾文资料中的套路，彤彤说不定会被灌输什么思想意识，而且即使我能对彤彤进行心理干预，也未必能让她重回单纯快乐的人生轨道了。

彤彤被梁品茹绑架控制已经好几天，时间拖得越久，对我就越不利。可是该怎么查出彤彤的下落呢，梁品茹是不是肯定知道拘禁彤彤的确切地点呢？这一切都是未知数。而目前我唯一的突破口就是梁品茹，而要对付梁品茹，我还严重缺乏她的各种资料。短时间内，梁品茹的背景资料又该从什么渠道获得呢？

我在苦思的时候，老周似乎有所发现，把其中的一张照片放大了仔细观察。果然，老周扭头喊我道："老甄，你过来看一下，我有所发现。"

我走到老周身后，老周用手指着照片中的背景对我说道："老甄，你看，这是艾文这些照片中唯一一张风景照，从照片中的植被和阳光的方向来看，应该是舟山群岛其中的一个岛屿。"

我还没吭声，章玫则忍不住惊讶道："周叔叔，你好厉害，你是怎么做到一眼就看出来这是舟山群岛的，我刚才用图片搜索功能，才确认这是舟山群岛其中的一座岛屿的。"

老周说道："我当年有个战友，本就是浙江舟山人，他转业之后，经商赚了一笔钱，就承包了其中一座海岛，他在建设那座岛的时候，我刚刚辞职，心情烦躁，也不知道未来在哪里，那战友就邀请我过去待了大半年，所以我对舟山群岛熟悉得很，能一眼从照片中看出来。"

我心中一阵喜悦，但这种喜悦稍纵即逝，因为就算知道是在舟山群岛，可是那边一千多个岛屿，如果每座岛屿都登岛去找的话，一年时间也不够找。

多多说道："如果能够确定彤彤是在舟山群岛的话，那咱们是不是可以直接去那边，可是怎么瞒过梁品茹的耳目呢？"

我想了想，说道："多多，你可以先在杭州露个面，这样我们就可以以追踪你的名义，先去杭州，到了杭州之后，我们就地乔装改变，潜入舟山群岛。只是舟山群岛这么多岛屿，我们怎么才能做到在尽可能短的时间内找到彤彤呢？"

老周说道："舟山群岛虽多，但是能够符合拘禁这么多小孩子的岛屿却并没有那么多，而想找到彤彤，我会发动我的线人出面寻找。所谓人多钱多力量大，效率不是问题。"

多多说道："那咱们是一起去杭州，还是分头行动去杭州？"

老周说道："咱们分头行动，多多和老甄自驾开车去杭州，这样最不容易被发现，我和章玫留在这里，等多多露面之后，再坐飞机飞过去。"

我们商量停当，立刻分头行动。我和多多次日一早，就驾驶留在别墅区的一辆雷克萨斯直奔杭州。不过当我们开到天津静海区服务站的时候，我猛然想起梁品茹的家乡是山东济南，我想，我可以先去一趟济南，看看能不能找出梁品茹的一些有价值的资料。

为了安全起见，在去济南之前，我还需要和多多乔装打扮，所以，我们在德州下了高速，钻进附近的商场，采购了一些可以掩藏我们本来面目的装备。

|第十八章| 身份成谜

　　我和多多离开高速，直奔济南和谐广场，在和谐广场里，多多采购了假发、墨镜、假胡子之类乔装打扮用的道具，采购完之后，我们两人钻回车里，在多多的妙手装扮之下，我们两人很快就化装成了一对中年教师夫妇的模样。我对着手机摄像头中的自己，拍了几张自拍，确信不仔细看的话，都不一定能看得出自拍中的那张脸是我自己。

　　乔装打扮完毕，我们直奔历城区的山东大学附近。根据多多提供的线索，梁品茹的父母本是山东大学的教授，在梁品茹10岁的时候，其父母因车祸双双过世，是被其寡居的祖母养大的，可是在梁品茹14岁的时候，祖母也去世了。这个时候，成为梁品茹监护人的叔叔一家，给梁品茹办理了住校手续，霸占了梁品茹父母留下的房产、存款，以及梁品茹祖母的遗产之后，就不再管梁品茹了。梁品茹高中三年发奋努力，终于考上了心仪的大学，去了南京，远离了济南这座伤心的城市。在大学中，梁品茹先是获得了全额奖学金和助学金，随后在大学中，她认识了学习心理学的艾文，两个人从大三开始，就已经开始赚钱了。

可是我脑海中，梁品茹自己暴露出来的经历是她在孤儿院长大的，而且她还有个小姐妹。两个人被不良院长强暴玩弄，随后梁品茹的小姐妹牺牲自己，给梁品茹换取了好好读书的机会。再之后，两个女孩子成年了，梁品茹考上了大学，而那名小姐妹则通过各种渠道赚钱，供养了梁品茹两年，一直到梁品茹遇到了艾文，两个人开始合伙利用心理学搞钱之后，梁品茹的小姐妹才算是脱离苦海。

我没有把梁品茹说过的这些内容告诉多多，只是在听多多讲述她知道的梁品茹的时候，在默默地比较两种说法中的异同点。我也没法判断梁品茹给多多讲述的自己，还有她给我们讲述的自己，哪个是真实的，还是都是假的。

我和多多驱车到了山东大学校门，停好车，看到了校园旁边的那座教堂。我不太愿意来到这个地方，因为这所学校正是前妻读研究生的地方。我大学毕业后就在北京工作了，而前妻则被保送山东大学读研。我工作期间，是前妻大部分时候坐火车去北京找我。但是我也去过山东大学三次，基本上是每年一次。第一次，被前妻的研究生同学集体灌酒，喝醉了；第二次，前妻的同寝室友喝多了，非要和我喝交杯酒，然后还质问我，为什么看到她眼睛不发光；第三次，毕业季，前妻父母要和她在校园里拍毕业合影，然后我就开车去接了她。不过我每次去济南的时候，都是选择年假，所以每次都在济南待一周时间，所以对济南也算熟悉得很。特别是山东大学，每次我来都是住在学校附近，当时也因为刚毕业不久，所以对能偕恋人在校园里散步谈心格外执着。

当我和多多把车停好，再次走进校园，忍不住想起十年前自己也曾有过青春岁月，自己也曾痴心痴情。我看着校园里活力四射的身形，不免想起和前妻在山东大学校园里曾经的卿卿我我、恩恩爱爱。

我一时陷在回忆里失神，突然感觉到多多挽起了我的胳膊。多多和我走在山东大学不大的校园里，边走边说道："老公，你和我已经十几年没回母校了，想当年，每次走到宿舍门口都恋恋不舍，不愿意分开。一晃都这么多年过去了，咱们都快四十岁了。"

我听着多多一本正经地说着笑话，把追忆当年的情绪收了回来，扭头看了看笑脸盈盈的多多。和她相比，前妻更多的还是邻家小妹的感觉，多多体态玲珑，身材饱满，举手投足之间都充满了女人味。

多多见我扭头看她，把我的胳膊用双手抱紧，同时紧紧地贴在我身上，把一张俏脸贴着我的耳朵呢喃道："老甄，我看你刚才走神，想到了什么啊？你之前来过济南吗？我之前虽然来过济南几次，不是住在千佛山附近，就是住在趵突泉附近，还从没有来过山东大学。"

我对多多笑笑道："前妻在这里读了三年研究生，那时候，我每年都过来一趟。"

多多对我玩笑道："你前妻真是幸运，早就遇到了你，不过你们孩子都有了，怎么还会离婚呢？"

我苦笑道："相爱容易相处难，我前妻更喜欢听妈妈的话，我却认为夫妻关系高于亲子关系。所以最后我们俩冲突得厉害，再加上我因为工作关系，惹上寒光集团，被人陷害我和师妹吴薇出轨，不得不离婚收场。"

多多突然停下脚步，踮起脚伸出双手，捧着我的脸，深情脉脉地对我说道："老甄，我是认真的，往后余生，我想和你相伴到老。彤彤我会视如己出，如果你愿意的话，我也想生一个属于我们的孩子。我会竭尽我所能，和你一起先救出彤彤来。"

我把眼神迎上去，认真看着多多闪烁的双眸，满眼都是对我的爱慕，我也能用心感受到多多对我的情意。但是在这个阶段，爱女被掳，强敌在侧，而且多年的好友老周亦对多多情，再加上章玫对我尽心照顾，我实在是没有心思和情绪去回应多多的情感。

多多见我久久没有回应，眼角中泪珠滴落。她把双手从我的脸上挪开，紧紧地搂住我的脖子，把脸贴住我的胸膛，一边哽咽，一边说道："老甄，我也知道，这个时候你要先救出彤彤，而且老周对我的感觉，我也感受得到，章玫妹子对你一往情深，并且也照顾你将近一年。我和你表白这些，其实是让你更加心乱，而且左右为难。不过感情这种事是控制不住的。其实我捐款逃走藏起来，除了贪念之外，还有另外一个原因，就是我想感受一下，我不能见到你的时候，会不会想你。我毕竟不是情窦初开的小女孩了，如果再次动情，我就得确认，自己是否从内心深处对你有感觉。结果我发现那几天自己发了疯一样地想你，当我知道，你的女儿被梁品茹劫走之后，我忍不住联系了你，而当我看到你出现在我面前的时候，我感觉自己的世界在一片废墟中又有了生机。如果说艾文让我从冰冷中感受到了温暖，那老甄你就是让我从绝望中看到了希望。老甄，我真的不能失去你，我希望你认真考虑我的表白。"

多多紧紧地抱着我，我的双手木然垂立，不知道该做什么。就在这个时候，我听到了路过的一对小情侣的议论声，女生说："你们男人啊，看我们女人上了年纪，就连抱都不肯抱了。男人都是大猪蹄子，男人都靠不住。"男生说："那是别的男人，我可不是那样的男人，对我来说，就是你成了老太婆，也是我的宝贝，我也会紧紧地抱着你的，宝贝。"

听到小情侣的打情骂俏，我们二人才从刚才的情绪中脱离了出来。我也很快地从尴尬中挣脱出来，把手伸过去温柔地拍了拍多多的后背。

第十九章 | 意外收获

故地重游，物是人非。校园依旧在，身边人已无。虽然这个身边人给我带来过初恋的美好，但是也给我带来了婚姻的烦恼。最主要的是我和这个身边人共同的孩子彤彤还被卷入危局之中。

我抚着多多的后背，多多抱着我更紧密了一些。意乱情迷之时，我突然感觉有些不对劲。我把手收回来，抱住多多的肩膀，把多多轻轻推开，小声说道："咱们老夫老妻的，就不要在校园里恶心这些小鲜肉了。咱们还是抓紧时间，去找出梁品茹的线索吧。"

多多忍俊不禁，对我撒娇说道："哎呀，老公，我这不是故地重游，想起咱们两个年轻时候的傻样子了嘛。"

我和多多乔装打扮的目的，就是为了掩人耳目，本来就应该悄悄地进来，但是刚才我们这样一对乔装打扮的"贤伉俪"备受注目。

多多也发现，注意到我们的年轻学生，居然拿出手机，开始偷拍偷录。多多赶忙低下头，挽着我的胳膊快步向前走去。我们穿过校园，绕到了后面的老家属区。这些四层的老公房居然在整个城市的建设中，还没有被拆掉，也真是幸运。不过根据这十多年来城市的发展规律，这样的市中心老公房，居住的也未必都是当年的老居民了，因为还有不少房屋是被出租出去的。大学周边的家属楼小区，租住的大多数都是本校的在校生和毕业生，毕竟对这些年轻人来说，对学校的感情很深，对学校周边熟悉，会让他们选择学校周边的房屋租住，直到自己能够买下自己的房子。

我和多多绕着这只有六座四层高的家属楼小区转了一圈，也许是我们到来的时机不对，这个小区里的老人家都还在家中休息，没有一个人出来走动。我们转了好几圈，一个看起来能够知道十多年前事情的人都没有遇到，只好在小区中心的凉亭里坐下休息。

刚一坐下，我的肚子叽里咕噜地响了起来。多多对我笑道："老甄，你是不是饿了，其实我也有点饿，要不咱们先找个地方吃点东西。反正找线索这件事，有时候也是需要碰运气的。"

我对多多点点头，说道："我也的确饿了。那咱们在附近简单吃点东西？"

多多嫣然一笑，说道："老甄，既然你对这里熟悉，那你有没有印象特别深的小店，带我过去尝尝啊？"

多多的这一番话，又勾起了我当年和前妻在山东大学校园外品尝美食的回忆。前妻是个吃货，每次我来，她都带着我到处吃美食。

我想起附近有一家棒骨店，在寒冷的冬天想起那口感，不由得胃液分泌加速，让我愈发饥饿感爆棚。我领着多多走出这个老家属院，来到了校园的东北角，果然，在老街中找到了那家由居民楼一楼改造成的棒骨店，距离还有几百米的时候，我就已经闻到了棒骨店中飘来的骨髓的香味。

我印象中，十几年前，要来这家店吃排骨都要排队的。不过我和多多到的时间，已经避开了就餐高峰期，尽管如此，我们走进店里，也不过刚刚有空出来的两三个两人座位而已。

多多露出小女孩一样好奇的眼神，对我说道："没想到这家店这么火爆，味道一定很好吃，不然的话，怎么会有这么多人来呢！老甄，不，老公，咱们快去好好吃一顿，给你补一补身体吧。"

多多这句"补一补身体"，让我有些尴尬。满脸疲惫的服务员拿着菜单走了过来，说："二位，咱们现在只有经典套餐了。"

多多接过菜单，随意看了几眼，又把菜单递给我，说道："老公，你来定吧，你和初恋女友常吃的是不是这款套餐啊？"

多多话音刚落，服务员满脸的疲惫都换成了好奇。我把菜单递给服务员，对服务员说道："那就上一份经典套餐就好了。"

服务员转身离开，大约过了几分钟，热气腾腾的羊棒骨就端上桌了，咕嘟咕嘟冒着热气，随后给我们端来两碗原味骨头汤，清汤上漂着几片香菜，又透着骨髓的清香，闻起来香味扑鼻。我从桌子上拿起胡椒粉瓶，往汤里撒了点，然后端起碗来，咕咚咕咚喝了几口进去，这才感觉到胃里有了暖意。

多多则用小勺子，小口小口地抿着喝汤。多多是江南女子，举止习惯果然秀雅。

熟悉的位置，熟悉的味道，记忆中的美味再次沉到了肚子底，我戴上手套挑了一块棒骨给多多，我则挑了一块羊棒骨，把一根一次性吸管插到骨头里吸骨髓，香而不腻，吸完后大口啃肉，连撕带掰。

多多不禁笑道："老公，你注意点吃相嘛，这么大了却像个孩子。"

我像一个专业食客般解释道："这家店是老汤灶火不熄，后厨的那口传承几十年的大锅里一直炖着棒骨，炖好的棒骨捞出来，淋上酱汁，给食客端上去，用热水焯过的新棒骨又填进去。几十年来，这锅老汤已经满是棒骨的精髓，因此老汤也要时不时地舀出来，随后将新水加进去。食客来了，都是先喝汤，再用吸管把棒骨中间的骨髓吸吮吃掉，最后啃棒骨。吃得满嘴喷香之际，再咬上一口脆香脆香的葱花饼，真正是香味满嘴满腹，让人吃完有一种强烈的满足感。"

多多本来还对我的吃相很是嘲笑了一番，但是很快就被感染，也直接拿起棒骨啃了起来。

七八分饱的时候，我们一边闲谈，一边慢慢悠悠吃着各种涮菜。紧挨着我们的桌子上，来了一对老夫妻。按理说老年人饮食都规律得很，而且尤为喜欢自己做饭才对，不知道为什么这对老夫妻居然在两点钟的时候来这家棒骨店吃饭。

这对老夫妇看起来六十多岁，身体还很健朗，至少从他们啃棒骨的样子来看，并不比年轻人的牙口差。

那对老夫妇终于吃得满足了，暂时停了下来。老太太对老头子说道："你那个侄女，赚了那么多钱，怎么对你就这么小气呢？这么多年来，她都没看过你，孝敬过你呢。你还和我吹牛，说你侄女要给你发个大红包，结果发来发去，你装了几天可怜，她才给你发了个200块钱的红包，也刚刚够吃这一顿棒骨。"

老头一边吸吮着骨髓，一边不服气地反驳老太太道："200块钱，在这里可以吃两顿，怎么可能是一顿。当初要不是你那样子对品茹，她怎么可能这么对咱们？说起来，咱们给儿子的房子，还是品茹爸妈的房子呢。你还有什么不知足的？"

老太太一脸刻薄和不屑："哼，这两套老房子和梁品茹在上海的那些财产相比，能算个屁，咱们儿子梁毅本来想去上海投奔她，她也不理不睬的。我当年就看出她是只喂不饱的白眼狼，所以才当机立断，把她送到学校寄宿，把那点财产都先抓在手里的。"

|第二十章| 探听虚实

"梁品茹"这三个字，虽然从老头老太太嘴里，说起来轻飘飘的，声音也不大，但是听到我和多多耳里，就如同晴天霹雳一样。这世界真是无巧不成书，我们专门来济南，就是为了找到梁品茹青少年时的资料，好让我找出她的破绽，没想到因为来这家老店吃棒骨，居然误打误撞，遇到了梁品茹的叔叔婶婶。

我和多多不约而同地放缓了喝汤的速度，屏气凝神地听着老头老太太的交谈。

梁品茹叔叔说道："你就是小家子气，当时要是对我侄女好点，也不至于这样。要知道，我那侄女从小就漂亮机灵，说不好有什么造化，她早晚都会嫁给富贵人家。这些仨瓜俩枣的祖产，还不早晚都是咱们的，那样她还能对咱们感激涕零，有点什么好事儿，自然都会想着咱们了。总比现在这样，品茹对咱们不理不睬的强，我厚着老脸，和她说了好几天好话，才得了个200块的红包。"

梁品茹的婶婶继续鄙夷道："你真是脸皮厚不值钱，合着你这个亲叔叔的面子，就值这么200块钱，这要是让老邻居知道了，都笑话你。梁品茹十几岁的时候，哪里看出漂亮来了？那时候看起来就是个小土妞。而且她那个时候怯怯的，我怎么看都不像能勾搭住富二代的样子，这才没想着长久的利益，先把眼前的利益拿到。谁知道女大十八变，她现在居然能发达到这个样子。可惜咯，她再怎么发达，和咱们也没关系了。就算她是亿万富翁，也不会分给你几百万的。咱们梁毅想在市里买个大三居，得三百多万，咱们老两口怎么也凑不齐啊。总不能让儿子还背着贷款过几十年吧。"

梁品茹的叔叔说道："咱们也不知道品茹到底有多少钱啊，也许她也只是刀切豆腐——表面光呢。她要是真有那么多钱，还能这么驳我的面子？话说回来，背点房贷怎么了？现在的年轻人，有几个没背房贷的。"

老太太把吸干骨髓的棒骨狠狠地丢进垃圾桶，对老头表达抗议道："你放屁，咱们儿子一个月才赚个5000块钱，那套大三居，每个月光房贷都得还7000块，他还活不活了？而且他那个女友说了，必须得买了大三居才能结婚，你还想不想早点抱孙子了？我说你就是没本事，你要是有本事，就去趟上海，堵着你那个宝贝侄女，让她借个三五百万给你。咱们有钱就还她，没钱就当她给梁毅结婚包的红包了。在这里啃这么一百多块的棒骨，我都臊得慌，我都气得慌。"

我和多多用眼神互相示意，真是贪心不足蛇吞象，在梁品茹的叔叔婶婶眼里，三五百万就是包个红包。这老头老太太没成为富豪，真是白瞎这份胃口了。

老头老太太一边吃，一边互相指责。当然，就算是互相指责，也没有忘了敲骨吸髓一样地啃食棒骨。

我掏出手机，给多多发了个微信："我想找个由头接近这对老夫妇。什么理由比较好？"

多多见我给她晃了晃手机，也从自己精致的手袋里掏出手机查看。随后我收到了多多的回复："咱们可以冒充要给梁品茹送礼的公司乙方，先给自己做个人设。"

我回复道："那你找个人设，毕竟你和梁品茹在工作中也有交道。"

多多回复道："我得找个不会穿帮的人设。最好也是山东人，会有求于梁品茹，但是不会经常在上海出现，只要保证我们救出彤彤之前，不穿帮就可以了。"

多多在手机上查看了一会儿，给我发来一张照片，照片上的人和我乔装打扮出来的样子，还颇有几分相似，照片上的男人叫作庄思龙，是做装修的，山东潍坊人，梁品茹的瑜伽店装修就是用的这个人。据说，梁品茹还在自己的阔太太圈子里，给这个庄思龙介绍过若干生意，让他着实发了几笔财。因此这个庄思龙，对梁品茹很是感恩戴德，梁品茹买房子装修，也是这个男人完成的。

多多发完庄思龙的资料，继续给我发消息说道："这个庄思龙，很是有点文艺范，和你今天的装扮很像，对了，他还有点台湾腔。他虽然是山东大汉，但是说话却特别喜欢台湾口音的普通话的腔调，用他的话说就是'让自己全身心地投入艺术中'。一会儿你就冒充他，我扮作你的女助理。"

我回复道："这老两口明显好占便宜，我一会儿先去帮他们买单，然后你出去买点礼盒，咱们想办法去老头老太太家里看看，还有没有梁品茹青少年时期特别重要的东西。"

多多给我比画了个"OK"的手势，随即起身，悄悄地溜出店门。这家棒骨店旁边就是水果店，现场打包个水果礼盒，也不麻烦。

我耐心地等着老头老太太把最后一口免费汤喝到肚子里，这才挥手喊来服务员。服务员忙碌了一中午，对店中仅剩下的我们两桌客人，在心里不知道祈祷诅咒了多少次，想让我们赶紧滚蛋。现在见我终于挥手买单，即刻以最快的速度出现在了我面前，我有意对服务员用不大不小的声音说道："买单，还有旁边那桌，一起买单。"

我的声音不大，但是我确定能够清晰地传到梁品茹的叔叔婶婶的耳朵里。那服务员才不管我和那老头老太太是否认识，反正也不过是两桌一样的标准套餐，对我很爽利地说道："老师，两份双人标准套餐，一套139元，一共278元，给您抹个零头，270元。"

我掏出手机，扫码付了款。服务员转身离开，店内的保洁大婶已经拎着抹布走到了我这张桌子边，毫不犹豫地把桌子上的碗碟收了起来，随后用抹布用力地擦拭起来。

梁品茹的叔叔婶婶见我真替他们付了钱，这才由老头出面，对我问道："这个老师，你认识我？"

我见最初接待我的服务员已经远走，立刻调整说话腔调，用嗲嗲的腔调对梁品茹的叔叔说道："老先生你好，我是梁品茹的朋友，没想到在这里遇到了她的长辈，没什么可表示的，正好把二位老人家的单给买了。"

为了让老头、老太太相信我，还从手机中调出梁品茹的微信，老头一看梁品茹的微信头像，确信地点点头，对我不好意思地说道："嗨，小伙子你太客气了。你叫啥名字啊？我得和我侄女说你请我们吃饭了啊，让她以后好好照应你。"

我继续忽悠道："老先生，梁总已经很照顾我的生意啦，我在上海能够站住脚，赚到点钱，都是靠梁总帮忙啦。我叫庄思龙，您叫我小庄就好啦。我的助理刚才出去买了点水果，给您送到府上吧，正好我还有事，请您帮忙呢。"

老头一听我说要找他帮忙，脸上浮现出了倨傲的神色，但是老太太在旁边用手指头不断地戳着老头的肋骨，老头不耐烦地转过脸去，老太太给老头狠狠地使了个眼色。

老头扭过脸来，对我咳嗽一声，客套地问道："小庄，有啥事？你先直说，看看叔能不能帮得上。"

我对老头恭维地笑笑："老先生您放心，我只是想知道梁总小时候有没有什么特别喜欢的东西，我想给她准备一份特别的礼物。"

第二十一章 亲人如此

　　老头老太太听说我想要找找梁品茹少女时代的东西，脸上浮现出了一开始得意，但是随即很懊悔的神色。我推测他们大概率把梁品茹的东西早就扔掉了。本来以为能被人求着办事儿，是件很高兴的事情，结果却发现自己把最有价值的宝贝都扔掉了，所以才会既得意又懊恼。这时候多多已经拎着两大箱水果走到了棒骨店门口，对我喊道："庄总，水果礼盒买好了。"

　　梁品茹的叔叔婶婶听到多多的声音，也看到了那两箱重重的礼品盒，贪婪之色溢于言表。老太太也不用幕后操纵老头来和我交流了，直接就对我说道："小庄啊，阿姨带你去家里找找，看看还有没有小茹小时候的东西。阿姨也好好回忆回忆她小时候都喜欢什么东西。"

我连忙继续拍着老头老太太的马屁，装作很高兴地回应道："这样真是太好了，会不会很打扰叔叔阿姨呢？"

老太太很是威风地摆摆手，对我说道："小庄别客气，都是自己人，而且阿姨特别热情好客。我家住得不远，走路也就是十分钟，你和你的助理跟着我和老头，一会儿就到了。"

老头老太太说完，转身大摇大摆地走出棒骨店门口。我走到门口，拎起两箱果品礼盒，故意用台湾口音的普通话对多多说道："阿芳你辛苦了，这么重的果篮还是我来拎着吧，毕竟我还是很绅士的。"

多多对我吐了下舌头，调皮地笑了笑，随后紧跟过来，一定要帮我分担另一个果篮，同时说道："庄总，我来我来，我怎么好意思让老板拎重物呢？"

大概走了十几分钟，我们又走回了刚才绕了几圈的老家属区，跟着老头老太太爬到了四楼，这种老小区没有电梯，我和多多拎着水果礼盒，连爬几楼，还真是累得气喘吁吁。梁品茹的叔叔婶婶，还真是摆起了老人家的谱，从头到尾都没说过一句帮忙的话，反而还在前面说着年轻人缺乏锻炼，用电梯惯了，居然只爬了几层楼就累得气喘吁吁。

好不容易到了老头老太太家里，老太太假作客套，这才伸手把水果礼盒接了过去。我们坐在沙发上，老太太给我们倒了杯水，我和多多出于谨慎考虑，都没端起来喝。老太太让老头陪着我们有一搭没一搭地说着话，然后自己钻进卧室，去找梁品茹的东西。

这老房子依然保持着十几年前的装修风格，暖气片都用木头包了起来，吊顶也都是木头的。

莫非这就是梁品茹意外死亡过世的父母留下来的那套老房子？这里的一切布置也都是梁品茹从小生活的环境。我悄悄地给多多发了个微信，让多多找理由，把这套房子的内部环境都拍下来。

正在这时，老太太在其中一间卧室里，对老头喊道："老梁，你过来帮我个忙，有个装着小茹物品的大箱子，我记得放在了柜子顶上，我自己够不着。"

老头起身去帮忙，我和多多连忙也站起身来，对老头说道："叔叔，这种力气活，就由我们来做吧，您和阿姨毕竟年纪大了，要是扭到腰什么的，就不值当了。"

老头本来就不想登高搬重物，听我这么说，正好借坡下驴，还假装捶了捶腰，对我说道："哎呀，这人上了年纪，老胳膊老腿就是不好用了，有些爬高举重的活儿，还真得你们年轻人来做了。平时这些事儿，也是我儿子干的，这几天他出差了。那就麻烦你们了。"

我和多多跟着老头进了那间次卧，一进这间卧室，我的第一感觉就是凌乱且奇怪。这间卧室，从装修痕迹来看，明显是少女房，粉色的墙壁，嫩黄色的书桌，可爱风格的柜子。但是从床单等生活用品来看，却明显是个男孩子用了好多年。

老太太见到我和多多也都走进了这个房间，对我们说道："哎呀，这个房间原来就是小茹的房间，她爸爸妈妈过世之后，没几年她就住校去了，然后她弟弟小毅也在这附近上学了，所以小茹上了大学之后，这间房间就小毅在用了。我也把小茹的东西都收拾了起来，放在了一个大箱子里。"

多多对老太太说道："阿姨，这个房间装修得很复古啊，我们是做装修的，能不能拍些这个房间的照片，好用作参考呢？现在好多年轻客户，特别有怀旧情结，喜欢把房子装修得像小时候的生活环境的。"

老太太稍微迟疑了一下，随后说道："这套房子，十多年的装修，都没变了，我和老头本来想着换个房子，所以也没有想着重新装修房子，这房子的装修家具还都是十多年前的。要是小茹看到，估计也会想起她爸爸妈妈的。"

我趁机对老太太说道："原来这就是梁总小时候生活的环境啊？那么说另外那间卧室，就是梁总过世父母的房间了？阿姨，我们方便把所有房间的样子都拍下来吗？我想我知道要送给梁总什么礼物了。"

老太太说道："拍倒是可以，就是我这里都没收拾，太乱了。"

多多说道："阿姨，您放心，我们要拍的主要是房屋的装修和家具，而且您把屋子收拾得很整洁啊，都可以用作样板房了。"

老太太被多多这两句好话一哄，兴高采烈地带着多多去拍照了，我留下来，站在椅子上，把放在柜子顶上满是灰尘的一个纸箱子搬了下来。

纸箱子并不重，不过年深日久，我感觉纸箱子已经变脆，稍一用力就会碎掉了。

我把纸箱子放在地上，一股灰尘腾空而起，估计这十多年，这个箱子都再也没有被动过了。

正在这时，多多和老太太也拍完照片回来了。多多和我一起把纸箱子打开，查看纸箱子内的物品。纸箱子内是一堆大熊玩具、洋娃娃，还有一些礼物盒子。

我和多多互相对了个眼神，要是把这些东西都拆开仔细查看，估计一两天也完不成，我们也不可能在梁品茹的叔叔这里耽搁太久。于是我对老太太说道："阿姨，梁总这些东西，没有什么贵重物品吧？要是没有的话，我们能拿走慢慢地参考吗？您放心，我们可以给您1000块钱的红包哦！"

我说完了就后悔了，担心给的价格高了，老太太再认为这个箱子里有什么宝贝，然后坐地起价，凭空找来麻烦。结果我没想到老太太很是高兴，对我们说道："哎呀，你对我家小茹这么好，我怎么还好意思要你的红包呢？你是微信转给我还是支付宝转给我呢？"

我用微信给老太太转了1000块钱，老太太还找了另外一个新的纸箱子，把旧箱子整个塞进去，老头还耐心地用透明胶把箱子封好，这才把我们送了出来。

我临出门的时候，对他们再三道谢，同时请求他们千万不要把我们来过的消息告诉梁总，因为我要给梁总一个大大的惊喜，同时还叮嘱老头老太太想想梁品茹少女时代有什么特别的爱好，想到了随时告诉我，我愿意为这些消息，再额外给他们1000元的红包。

我和多多把箱子搬到小区之外，我去把车开过来，把箱子装上车，随后驾车离开济南，直奔杭州而去。

第二十二章 | 少女时代

我们从济南出来，已经是下午四点钟了，要到杭州还需要驾驶十个小时。因此我们必然得在途中休整。七点钟的时候，我们在枣庄服务区吃了点晚饭，随后继续开车上路，打算再开四个小时，在扬州住宿。毕竟在服务区住宿很不舒服，半夜时分，高速上的大货车呼啸而过，让人难以安眠。所以对于我来说，我还不如直接去京台高速线上的城市休息。

五个小时后，我们刚好到了扬州市。这一路开车，我也很是疲惫，下了高速之后，多多已经用早就准备好的身份证订好了高速路出口附近的民宿。

晚上十一点半，我们到了住处，这是套两室一厅，倒是方便我和多多住宿，各自独立房间，避免尴尬，唯一的麻烦就在于这套房子只有一个洗手间。

身体疲惫，我沾床就睡。次日一早起来，我和多多继续开车，终于到了杭州。为尽可能掩人耳目，我们入住了萧山机场附近的一个别墅区。杭州距离舟山线，还有不到200公里，我们要在杭州与老周和章玫秘密会合。老周和章玫搭乘飞机过来，我们在萧山机场，位置正好。

老周和章玫两个人在我和多多自驾出发之后，先去与"拯救者"小队对接，将手中关于彤彤的资料，以及彤彤可能在舟山群岛的情况都交接给他们的队长"马蜂窝"。具体情况，章玫都已经通过微信将消息发给了我。

在章玫的消息中，"拯救者"小队收了定金150万元之后，已经开始行动。不过他们的队员在没有任务的时候，分散在全国各地工作生活，而一旦有了任务，"拯救者"小队的队员们会按照队长"马蜂窝"的指令，在同一地点集合之后，开展营救行动。

章玫告诉我，老周和"马蜂窝"谈判的时候，要求他们用最高的救人标准去组建团队。"拯救者"小队也聚集了前所未有的35人的规模。这35人中，有一个叫作"黄蜂"的"消息眼"，他将在舟山群岛通过特殊关系发动力量，寻找彤彤等被拘禁的小朋友。

为了不让多多怀疑，我们在杭州会合之后，共同去舟山县，随后再次分开行动，这期间需要多多配合，留下在杭州活动的痕迹。

多多想留下在杭州活动的痕迹很是简单，那就是多多在微信朋友圈随便发个什么图片，而只要打开照片拍摄地点功能就可以了。在这个时代，有意无意地暴露自己的时空信息，或者被他人获取时空信息，都是件非常容易的事情。

老周和章玫要在一天后的晚上才能到来。我和多多有一整天的时间来检查梁品茹少女时代的纸箱子。多多和我已经在入住杭州的第二晚，就在朋友圈发了一张雷峰塔的风景照，把位置定位修改成了杭州西湖，在风景照下的文字说明中，多多还发一段惆怅的文字："风景犹在，人不在；道别之后，是永别。"随后多多熟练地把手机的定位功能关闭掉。

我则把梁品茹少女时代的大箱子拖了进来，把里边的东西，一样一样拿出来，多多则拿着一包湿纸巾，在一旁将每样东西都擦拭一遍，因为灰尘太重，我们两人都戴上了口罩。

最后一共整理出来，大熊毛绒玩具一只、洋娃娃五个、少女相册两本、日记本一本、各种礼品盒子七套。

我先从毛绒玩具和洋娃娃开始检查，确信这些东西没有拆开的痕迹，就把它们放在了一边。随后我把少女相册打开，相册中的照片，可以说是从梁品茹四五岁开始，一直到她住校前的十五六岁，照片中的女孩子随之成长，相貌开始变化，但是眉目精髓未变。只不过10岁之前的照片中，小女孩笑脸盈盈，无忧无虑。而10岁之后的照片，就再也找不到小女孩有笑脸的照片了。

我打开两本日记，发现都是梁品茹小学时候的日记本，日记之中也没有什么有价值的线索。

我又逐步把剩下的礼品盒子拆开，大部分礼品盒子都已经空了，只有一个盒子中还留着一封信件。

我打开信件，原来是梁品茹高一时候，暗恋她的男同学写的情书，这个男同学在情书中努力地表达自己的爱慕之情，字写得工整，但还是在信件中留下了甩钢笔水的墨点，信最后的署名是范朗天。

我拍下了这个名字，发给了老周和章玫。这整个箱子里的东西，都没有任何有价值的东西。我又把多多拍下来的梁品茹亲生父母家的照片仔细翻看，想看通过心理学技巧击溃梁品茹，也许调动她对父母的思念，是个不错的办法。那么相同的场景再现，将会是对梁品茹情绪的致命打击。可是我该怎么让梁品茹进入这样的复刻场景呢？那就只有一个办法——约梁品茹和我一起见到多多。

我对多多说道："多多，帮你出面购买别墅的朋友是不是绝对靠得住呢？"

多多听到我这么问，俏脸一红，对我说道："绝对可靠，他爱慕我多年，虽然我对他一直不来电，但是我凭女人的直觉，可以确保，不论想让他帮我做什么，他都会全力去做的。而且他为人低调谨慎，肯定能在保密的情况下帮我把事情搞定。"

我对多多微笑道："多多就是有魅力，不论什么时候，都有人衷心追随。是不是可以请你的这位朋友帮忙，在上海郊区购买或者租赁一套厂房，并且在厂房空间里，在最短的时间内，仿照梁品茹父母老房子的样子，装修布置，要是我们没法直接将彤彤救出来，那么就只好冒险和梁品茹交易，而我希望交易的地方，就是在能勾起她回忆的场景中。"

多多爽快地答应道："那个朋友经济实力强大，他做这些事情也都是安排自己公司可靠的人去做，完全没有问题。我这就和他说。"

我闭上眼睛休息了一阵子，再次翻看了梁品茹的照片，将其中关键年龄的照片拍下来，给章玫发了过去。

我原来在体制内媒体工作的时候，对领导总是分两组人去调查举报线索很是嗤之以鼻。年轻气盛的我，认为这是卑劣的权术，就是要利用两组人的信息不对称，来实现自己掌控全局的目的。这样的想法一直持续到我也成为一个中层领导之后，我发现，要想得到事情的真相，的确是需要兼听则明，分开调查，并不是不信任，而是不管是谁，都一定会有偏差，会有主观倾向，而对比两方，甚至多方信息，反而能够更加客观地还原事件的真相。两组人查，或明或暗，都是相互震慑，避免其中一组人合谋做伪。

完全公开消息和完全不公开消息，都不能最大限度地比较情报，而不公开消息，分开由不同的人去获取信息、比对信息，反而能得到全面的信息。

我面对的是四个人，最为信得过的章玫、老周，不怎么信得过的多多，还有绝对信不过的梁品茹。我要想掌控全局，最好的办法绝对不是让所有人都共享信息，而是要所有人都分享信息，而我怎么做到这点，那就是假装糊涂，但是暗暗分配任务；如果其他人之间，互相交换了信息，那就说明……

| 第二十三章 | 照片对比

　　我现在的状态就是，要么满脑袋运转，要么一脑袋糨糊。把梁品茹少女时代的箱子都整理一遍之后，我居然躺在沙发上昏昏沉沉地睡着了。

　　睡梦中，我梦到了彤彤两三岁的时候，在我推开门的时候，从一堆玩具里向我跑来。梦里，前妻对我抱怨："你光干些得罪人的事情，就是赚不到钱。也不能和我爸似的，给人帮忙，收礼收红包。"

　　随后前妻的脸，又幻化成了章玫，章玫温柔地帮我把衣服挂在衣架上，笑着对我说道："甄老师，你在外面奔波了一天，累了吧？我给你煲了汤。"

　　但是我就是睁不开眼，很快，梁品茹那张狐媚子脸也出现在了我的面前，对我说道："甄先生啊，你是要多多呢，还是要女儿呢？"

多多从一片模糊中，向我款款走来，深情款款地说道："老甄，我是一心一意地想和你过下半辈子的。"

老周阴沉着脸，满脸的不高兴，对我说道："我拿你当兄弟，你却抢了我的女人。"随后一拳朝我打来，我本能地来回躲避，手忙脚乱之下，摔到了地上。

我摔得浑身酸疼，睁开眼睛，发现自己已经从沙发上滚到了地上。我从地上爬起来，看看时间，正是凌晨四点。我感觉到身上的疼、冷，还有肚子中的饿。

我看看沙发上的被子和枕头，判断应该是多多给我盖上的，多多不在客厅里，应该是已经回房间了。我去喝了点水，又在沙发上躺了好一阵子，既睡不着，也不想起来。

我打开手机，章玫的微信发了过来："甄老师，我们已经下了飞机，周叔叔租了辆车，我们正往你发的地址过去呢。我们到了门口，就用你给我们发的密码直接进门了，省着打扰你休息。对了，你昨天发给我的梁品茹的照片，我有点小发现，不知道有没有价值。等见面的时候再详细说吧。"

我看看章玫发过来的时间，刚好是半个小时前。我给章玫回复道："我半夜梦见被老周打了，从沙发上滚到了地上，然后醒了。你们快到了吧？"

章玫对我的消息从来都是秒回："我们已经进小区了，甄老师，你怎么睡沙发上了？房间应该够用的啊？还有，你摔伤没有啊，那么大的人，睡觉还不老实。"

　　我回复道："昨天下午四点多，我躺在沙发上就睡着了，一直睡到摔醒。没事儿，沙发很矮。我现在就是饿了，但是懒得找东西吃，估计这里也没东西吃。"

　　章玫道："我看见小区里有一家24小时便利店，我先去便利店里，给你打包点早餐吧，你想吃什么？"

　　我回复道："你看着买吧，我没什么特别想吃的。你和老周一夜也辛苦了，估计也饿了。"

　　章玫给我回复了个"OK"的表情。

　　我正在沙发上继续划拉手机，听到房门打开的声音，随后我听到了多多轻盈的脚步声。多多的脚步声要是在白天是根本听不到的，但是在夜深人静的凌晨，特别是在同一套房子里，听起来就格外清楚。

　　多多走到我跟前，我不好意思再躺着，于是坐起身来。多多打着哈欠，坐到了我旁边，说道："老甄，你醒了啊，刚才我听到动静很大，是你起来的声音吧？你昨天下午躺在沙发上，一会儿就睡着了。我几次喊你起来吃晚饭，你都根本起不来。"

　　"这段时间，我就没睡过踏实觉，昨天下午也是疲惫到了极点，所以一下子就睡着了。老周和章玫他们马上就到了，而且还会带早餐过来。"

我话音未落，门外已经传来了打开密码锁的声音。门被打开，章玫拎着两个塑料袋，老周拉着两个拉杆箱，走了进来。我已经闻到了塑料袋中飘来的关东煮的味道。

章玫对我和多多招呼道："甄老师，早餐来了。多多姐姐，你也起来了啊，你们都好早。"章玫把早餐放到餐桌上，老周快速地关上门。老周还是老样子，基本上不吭声。

我是饥肠辘辘，不客气地拿起食物就塞进了嘴里。章玫坐在我旁边，拿起手机刚要对我说点什么，但是很快就把手机放下了。

我们吃完早点，章玫和老周都是坐红眼航班过来的，也是疲惫不堪，我知道他们这两天也并没有闲着，因为要和"拯救者"小队对接。

章玫吃完东西，对我说道："甄老师，你帮我把行李箱拉到我房间吧，我已经困得睁不开眼了，得先去补觉了。"

我意会到章玫是有话想悄悄对我说，起身拉着章玫的行李箱，朝着空着的一间房间走过去，章玫在我身后哈欠连天地跟着。

老周和多多还在边吃东西边闲聊，老周则只是回应，并没有说太多话。

我们到了章玫房间，章玫并没有关门，只是走到了卧室最里侧，踮起脚，附在我的耳朵边，对我小声说道："甄老师，我发现了一个很怪的事情，那就是梁品茹少女时期的嘴角是没有痣的，而梁品茹微信中的照片，还有周叔叔给咱们看过的偷拍到的梁品茹的照片中，嘴角是有颗很性感的痣的。"

我回答道："那会不会是后天长出来的呢？"

章玫摇摇头道："我问过做医美的同学，后面长出来的痣，要么是黑色素沉积形成的黑痣，要么就是那种鲜红的血痣。而梁品茹嘴角的那颗痣，却是粉色的，所以应该不是后天长出来的。"

我一时没理解章玫的意思。章玫见我一脸蒙圈的样子，对我说道："女人都是爱美的，只有把痣点掉的道理，没有给自己种痣的道理。就算梁品茹嘴角那颗痣，看起来很性感，她也不可能会因为认为嘴角有颗痣性感，而故意给自己嘴角画一颗痣，也不会有美容师或者整容师给客人去做一颗痣出来的。"

我迷茫地问道："那你的意思是什么？"

章玫急得直跺脚，但对我的反应也是无可奈何，对我掰开揉碎地解说道："甄老师，你真是钢铁直男。我的意思是，绑架你女儿的梁品茹，和你发来照片的那个梁品茹，可能不是一个人，她们只是相貌相似，或者说，是整得差不多。但是因为嘴角那颗痣，反而让'梁品茹'看起来更加妩媚，所以她在做手术的时候，没有点掉。"

我一下子明白了章玫的意思。如果是这样的话，那就更加复杂了。章玫说完之后，我退出了章玫的房间。

在杭州订的这套房子比较豪华，每个房间都有洗手间。老周吃完早饭，自己拉着箱子，钻进客房补觉去了。多多也没睡醒，和我说她也要回去补个回笼觉。

我回到自己房间，让自己泡在浴缸里，缓解整夜和衣而卧的疲惫。我反复推敲章玫的判断，又把梁品茹的照片仔细对比查看，果然如同章玫所说，我们见到梁品茹的嘴角上是有一颗性感的胭脂痣的，如果不仔细看，还真是看不出来。但是十三四岁的梁品茹，还有七八岁的梁品茹，嘴角很明显皮肤白皙光滑，没有任何痣的痕迹。

第二十四章 ｜ 昔日恋人

这样推测下去，梁品茹之所以离开济南之后就再也没回去过，很可能并不是对这个长大的城市一点怀念都没有，而是不想回去遇到济南的故人被发现端倪。

如此说来，梁品茹对我所说的经历，与梁品茹对多多所说的经历，对不上就可以解释得通了。因为梁品茹在不同的状态下，在切换不同人设的时候，发生混乱也是可能的。而要想验证这一点，给梁品茹写情书的范朗天，就可以从另一个侧面验证梁品茹的真实情况了。可是该怎么找到这个范朗天呢？还要无声无息，不被察觉地找到。

我起来擦干净身体，穿上衣服，想起我还加了梁品茹的叔叔婶婶的微信，当然是用我的备用小号加的。我给梁品茹婶婶打了个电话过去，询问他们有没有听过"范朗天"这个名字。结果老太太在电话中稍微回忆了一阵子，就很明确地回复我道："我想起来了，是个瘦瘦高高、戴着厚厚眼镜的小男孩，他父母也是学校老师，那时候一家都住在这个院子里。我可以去要他的联系方式，我和他父母认识，我一会儿就可以去他父母那里要。哎呀，这么点小事，小庄你就发红包，那真是太不好意思了。"

过了半个小时，梁品茹婶婶在我的500块红包的激励下，给我发来了一个手机号码。我看看时间，已经是上午九点，这个时候给这个范朗天打电话，也应该还好。我用另一部备用手机，拨通了范朗天的电话，那边并没有因为是陌生号码而拒接。

电话那头是一个很斯文的声音。我则继续用庄思龙的人设与范朗天交流。但是范朗天可不是贪财糊涂的梁品茹的叔婶，很快就问我道："不好意思，庄先生，我猜你肯定不是什么装修公司为了讨好品茹的。你的这些做法倒更像是公安或者侦探。不过不管你是什么身份，我想品茹肯定是出了什么事情。我也一直想知道答案。所以，我可以把我知道的情况，全都讲给你，但我只有一个要求，那就是，你一定要把品茹到底发生了什么事情都告诉我，不管真相多么可怕，我也一定要知道。不然我这辈子都会留有遗憾，虽然我已经娶妻生子，生活美满，但是我内心深处还是一直惦记着品茹，无法忘怀。

"我在高中的时候，和品茹在一个班，男女同学不能同桌了，但是可以是前后桌了。我正坐在品茹的后面，每次我看着品茹的一颦一笑，都发呆半天。后来我终于鼓起了勇气，给品茹写了情书，希望她能成为我的女朋友，我们两个人可以一起上下学，一起复习功课，一起考同一所大学。

"我在品茹生日的时候，把情书装在了精致的礼品盒里送给了品茹。到今天我还记得，我把情书送给品茹的时候，我的心跳得有多激烈。但是让我欣喜若狂的是，品茹居然答应了。她羞涩地对我点点头的时候，我感觉整个世界都是暖阳。

"就这样，我们俩度过了甜蜜温馨、互相进步的两年。我们已经商量好了，一起报考西安交大，因为我们两个人都喜爱西安那座城市。可是命运弄人，我考上了，品茹没考上。品茹高考发挥失常，被第三志愿录取了。那个学校在南京，远离西安。我努力劝说品茹，复读一年，再考西安交大，或者至少考到西安的任何一所大学都可以，那样我们俩就又可以在一起了。但是就复读这件事情，品茹坚定地拒绝了，我清楚她不肯复读的原因，就是因为她叔叔婶婶侵吞了她父母留给她的财产，而且她叔叔婶婶就等着她考上大学，就再也不用回济南了。

"我劝说不成，只好和品茹约定，她四年后，一定要考西安交大的研究生，或者四年后，我们两个一定要去同一个城市工作，结婚生子。品茹答应了。就这样，我们两个人分别去了不同的城市。在不同的大学报到之后，几乎每天都通一个小时的电话，但是那时候电话费太贵了，而品茹又没有电脑，我们也没法用QQ视频或者语音。所以后来，我们就是发短信，甚至发短信还都计算着字数，好让一条短信里尽可能容下我们更多的思念。

"我也一直盼着假期，就去南京看望品茹。可是我还没盼到寒假，却突然收到了品茹给我发的短信，通知我分手，她说她已经爱上了其他男孩子。

"当我看到这个短信的时候，第一反应是品茹为了考验我的真心，和我开玩笑，我还打电话过去验证，可是我发现电话她已经都不接听了。等我用学校的公共电话打过去的时候，我发现接电话的不是品茹，当我说我找梁品茹的时候，她先说她就是，但是听出是我的时候，就立刻挂掉了电话。从那之后，所有我打过去的电话，全部都是拒绝的。

"我当时伤心欲绝，再也没心思好好上课，当然，也更没有心思为了我们的未来而奋斗。可是期末考试临近，我也没可能立刻就赶去南京当面问个清楚。我耐着性子把所有的考试考完，坐上了去南京的火车，跑到了品茹的学校。

"我到了她的学校之后，在当地买了一张电话卡，继续给品茹打电话，结果我发现，品茹的电话已经被注销了。

　　"我急得发疯，又不知道到底是怎么回事，所以就跑到她的学校里，按照她给我说过的宿舍门口去堵。苍天不负有心人，我终于在晚上十点的时候，等到了回宿舍的品茹，可是回来的不是她一个人，她身边还有另外一个男孩子和她手拉着手。

　　"我再也顾不得那么多，拦住他们，质问品茹为什么完全不念我们之间两年多的感情，就这么移情别恋了。但是我已经急昏了头，也气昏了头，所以当品茹迟疑一阵子，又仔细打量我一阵子，才给我回复，说她已经不喜欢我了，让我不要再纠缠她的时候，我伤心和绝望极了。我那天失魂落魄地去了南京火车站，在火车站就地买了一张最早回济南的车票。

　　"我回到家之后，高烧了三天三夜。等我退了烧，身体康复了，感觉心里空了。这种失恋的滋味，我发誓以后再也不想体会，真是太伤人了。就这样我缓了两年，遇到了我现在的妻子，才从失恋的阴影中走了出来。后来，我时不时回想起品茹决绝拒绝我的场景。

　　"我发现有两点不对劲：一是品茹的声音变了，我和品茹恋爱两年，我熟悉她的一切，她的声音是那种略带嘶哑的甜美，每当她和我说话的时候，我都忍不住回味，可是拒绝我的品茹声音却一点嘶哑都没有了。二是当时天黑，我没有仔细观察，但是我后来回想，那天的品茹好像变矮了。要知道，女孩子为了显得身材更高挑，穿高跟鞋，让自己显高是正常的，可是怎么可能变矮呢？我再仔细回忆，样貌眉眼却就是品茹。

　　"我心中藏了这些个疑问，就老想着去解开。所以在毕业之后，我拐弯抹角地找到了品茹所在大学的高中同学，从她那里打听到品茹去了上海工作，而且连她在上海工作的单位名称都发给了我。

　　"我又借去上海找工作的理由，专门去了上海，找到了品茹所在的公司，那时候品茹还只是那个公司里的一个普通白领。我悄悄地跟着她，仔细地观察，越来越觉得这个叫梁品茹的女人，并不是和我恋爱两年的熟悉的梁品茹。"

|第二十五章| 到底是谁

　　范朗天在电话里把他和梁品茹的初恋讲述了两个小时，他就差直接说大学期间让他失恋的那个女人一定不是梁品茹，而是另外一个女人。这种情况并不少见，不少失恋的人，还有被抛弃的人，都会出现这样的幻觉，那就是，他没法相信和自己深爱的那个人与后来和自己分手的那个人是同一个人，或者说，这种解释，能让自己失去恋人的心理舒服一些。

　　我静静地把范朗天所说的内容听完，当然我也全程录了音，随后我问了他一个问题："你还记得梁品茹嘴角的那颗美人痣吗？"

　　范朗天停顿了一会儿，对我说道："我不记得她嘴角有痣啊，我清楚地记得我对她面庞的形容：'品茹，你的脸像白玉一样，洁白无瑕。'她的脸上别说痣，连青春痘都没有的。"

范朗天又继续絮絮叨叨地说了许多话，让我怀疑他是不是不用上班的，他最后的意思就是说如果我发现现在的梁品茹是假的，那么请我一定要把真的梁品茹找出来，不论是活是死，只要我找到真相，他就愿意给我一笔报酬。

我挂掉电话，看着梁品茹少女时的照片，照片中透着忧郁的凄美。而三十岁之后的梁品茹，则满脸的魅惑引诱，眼神中闪烁出来的是无尽的狡猾与傲娇。

要说一个人随着年龄的增长、社会阅历的增多，整个人的气质和眼神都会发生变化，这并不是什么奇怪的事情。可是要说一个人的气质完全变了，这样的可能性并不大。

从现在收集整理到的所有线索来看，这个梁品茹可能并不是真正的梁品茹。那么我该怎么对付她呢，或者说我最核心的问题还是先想方设法救出彤彤，而对付梁品茹，是实在不能救出彤彤的前提下做的准备。

在梁品茹这件事上，我到底是该相信谁呢？或者说谁都不该相信呢？老周找来的那个"拯救者"小队，确定能救出彤彤吗？如果他们不但救不出彤彤，反而打草惊蛇了，我又该怎么面对和处理呢？

我正在房间里反复权衡，房门被人推开，老周闪了进来。老周对我说道："老甄，我已经和'拯救者'小队对接好了，他们的人后天就在舟山集结了。你和梁品茹那边打了烟幕弹没有？"

我对老周说道："还没有，我还没想好该怎么把这个话表达得更为真切。"

老周道："那梁品茹那边有没有问你情况呢？"

我拿出手机翻看一下，回复道："奇怪的是，梁品茹也没有问过一句话。我问过多多，梁品茹和她的微信都没有删除，所以，她发的那个朋友圈，梁品茹肯定看得到的。而梁品茹也知道，我肯定有多多的微信，所以多多在朋友圈发布的地点消息，我知道梁品茹已经知道了，梁品茹也知道我已经知道了。我不和她说，她也不和我说。我猜测，她就是想看我在做什么。"

老周紧绷的表情露出一丝笑意，说道："老甄，女人这么复杂的心思，也就是你才能拿捏得这么清楚。我现在也很担心会不会打草惊蛇，要是强救不成，就只能被动地和梁品茹做交易了。你有没有想过，要是有一天面对这个局面，咱们该怎么做？是不是真的要把多多交给梁品茹？"

我想了想，对老周说道："梁品茹的主要目的是那10亿，并不是多多这个人。如果真是到了那个时候，我想，我会去劝说多多，先用这些钱换回彤彤，然后我们再去想办法把梁品茹的势力连根拔起，让她也没法得到这笔黑钱。"

老周点点头，对我说道："梁品茹也知道你肯定会想方设法先去救出彤彤，她只是等着你失败。"

我苦笑道："女儿在人家手上，我也没有办法。老周，那个'拯救者'小队有没有营救计划？是什么样的？是否靠得住？"

老周说道："他们平常遇到的案子，基本上都是绑架案。绑匪控制人质直接要钱，会通过各种手段联络，并不是这种把人质掳走，不急不慌让你办事的。现在梁品茹不和你联络，他们手头的线索也很有限，能使用的也就是各种技术手段和人力手段排查。但是人多了，就容易泄露消息；人少了，时间周期一长，救出彤彤的概率就会大大降低，这也是我最为担心的环节。"

我说道："咱们现在的局面，就如同在瓷器店里打老鼠，一方面老鼠目标太小，随便找个墙洞管道就藏进去了；另一方面，投鼠忌器，不能碰到瓷器；最后，就算我们不顾及瓷器，只要我们碰出响动来，也会惊到老鼠，让老鼠逃跑或藏匿，我们就前功尽弃了。所以梁品茹才有恃无恐，因为如果我们所做的手脚完全暴露出来，她就可以对咱们提出更多的要求。"

老周同意道："的确是这样，梁品茹可是个厉害角色，而且她是个心理高手。老甄，你想到什么办法对付她了吗？"

我摇头道："梁品茹比艾文难对付多了，艾文我们还可以通过各种线索去寻找他内心崩溃的关键点。但是梁品茹，我连她之前的痕迹都没法寻找出来。看来我们唯一的希望就是通过'拯救者'小组大规模的技术排查找到彤彤，并且救出来。"

老周说道："我这边肯定会尽最大努力救出彤彤。不过我想梁品茹不会那么善罢甘休，你还是想想该怎么和她交流的好。"

我突然想到一个办法，和老周商量道："我是不是可以直接和梁品茹谈交易，比如直接说，我已经和多多联系上，多多为了避免之后的麻烦，直接提出要分给她一部分钱。"

老周说道："这是个好办法，我们原来在面对劫持人质的匪徒的时候，也是会先假装答应匪徒的条件，随后和匪徒讨价还价。这样才能够尽量拖延时间，寻找机会，救出人质。"

我和老周商量定之后，立刻拿出手机，给梁品茹发了消息过去："我已联系上多多，她提出，吐出一部分钱，好换取之后的安宁。你那边的底线是多少？我看看能不能沟通协调。"

老周对我说道："那咱们明天就出发，直奔舟山市。在那里和'拯救者'会合，如果能直接救出彤彤更好，如果不能救出来，甚至还惊动了梁品茹的话，就干脆索性就地停止，直接和梁品茹谈条件就好了。"

我咬了咬牙，下定决心说道："那这件事就这样，如果能成功，那就一劳永逸了。如果不成功，我就先和梁品茹谈条件。要是条件谈不拢，她对彤彤有什么不轨的话，我就用我的下半生去对付她，不死不休。"

老周的眼神中露出了坚毅，对我认真地点了点头。我们两个中年大叔默默地在一起吸了两根烟，老周就回了自己房间。

又过了一阵子，梁品茹的消息传过来："我就说多多对老甄一往情深，这么快就又联系上了。老甄，你可以转告多多，艾文那10亿，她自己拿个5000万就可以了，也算是她那2000万的利息。但是其余的钱，都得给我们吐出来。不然的话，不只是老甄你对付她，还会有更多的人对付她。"

第二十六章 | 千岛搜寻

我对梁品茹回复道："我把你的想法传达过去。你们也总算是相识一场，你们是不是可以先聊一聊？如果有聊不通的，我再出面协调。"

这个消息梁品茹倒是秒回了："甄先生不要偷懒，我要是能自己聊通的话，就不会付出这么大代价了，要知道5000万加一个女儿，就是要你全部搞定的。"

"该来的早晚要来，爱咋咋地吧！"我咬牙切齿地下定决心。

我们到达舟山，已经是第二天傍晚，"拯救者"小队已经集结完毕，按照老周的安排，和"拯救者"小队对接打交道的一切事宜，我都不要出面，而由他和章玫联络沟通。我所有的任务就只有一个，就是一定要和多多"寸步不离"。

我当然明白老周这么安排的用意，虽然这样操作，让我在面对多多的时候，总是心中有愧的感觉，但是考虑到多多其实是我救回女儿的最后筹码，我还是服从了老周的安排。

老周和章玫已经把彤彤的所有资料，包括梁品茹发给我的彤彤被控制的视频，都发给了"拯救者"小队，由"拯救者"小队进行技术追踪。

我和多多则深居简出，在住处分析梁品茹的弱点。多多详细给我讲述了她和梁品茹认识和交往的经过。

多多和梁品茹是在一个心理减压班认识的，不过多多事后分析，那个心理减压班本来就是梁品茹和艾文合伙搞出来的，主要目的就是为了通过这个减压班，筛选出可以作为猎物的对象。而多多当时表现出来的某些特质，肯定是符合了梁品茹和艾文的筛选标准：有钱有资产，有心理问题，内心需要依靠。从多多事后收集到的资料来看，艾文之前谋害的几个女人，也都是参加过心理减压班的成员。

自从多多和梁品茹认识之后，梁品茹就很快成为多多的知心闺密，在多多最为孤独无助的时候，陪伴着她，和她一起度过。当然，在那段时间里，多多的个人喜好、情感需求、心理需求，也全都在梁品茹的陪伴中，被她了解了一清二楚。

我问多多，梁品茹整个人给她留下的最主要的印象是什么？多多认真仔细地想了想，给我了三个形容词：体贴、精明、魅惑。

我问多多道："你十五六岁的时候，与你三十多岁的时候，变化大吗？对于女人来说，成熟女性和少女之间，经过这十几年的成长，究竟会有多大的变化，我说的是心理上。"

多多对我扑哧一笑，说道："变化因人而异吧，毕竟每个女人都不一样。但是要说大家都会有的变化，我想应该是，在少女时代的时候，我们会对男孩子对我们的表白特别敏感，对别人说喜欢我们啊，爱我们啊，能心怦怦跳好一阵子。但是当我三十多岁的时候，再有男人对我们说这样的话，我们可能表面表现出来的是很欣喜、很高兴，但在内心深处，却再难起一丝波澜。除非这个男人真的对我表现出真心真意来。"

多多的这个回答，我只能表示很认同，但是对我的确没什么太大价值。无奈之下，我只好对多多再详细地问道："我的意思是，性格会不会变化得让原来的亲人熟人看不出来？比如说这个人原来性格内向，但是当她三十多岁之后，却有可能变成一个情商很高、长袖善舞的人。"

多多想了想说道："对于女人来说，是有可能的。因为青春期的女孩子，因为激素分泌变化和情绪波动的原因，性格是不稳定的。而三十多岁的女人，则会因为生理心理状态都趋于稳定，所以性格会更为稳重内敛。据我了解，你们男人，因为成熟得较晚，所以会是在35至40岁之间，才会普遍性地到达这个状态。"

我对多多说道："这里有个问题，梁品茹接触我的时候，曾经对我只言片语地讲过她少女时代的经历，那就是，她和艾文一样都是在孤儿院长大的。她还有一个小姐妹，她们在孤儿院的时候，被院长欺凌，她们成年之后，梁品茹最早上大学的时候，她的学费和生活费都是靠她的小姐妹打工赚来的，她的小姐妹甚至是在欢场卖笑赚钱养她，所以她非常努力地想赚钱，而且要赚大钱，也是为了回报她的小姐妹。梁品茹这辈子只真爱两个人，男人是艾文，女人就是她那个小姐妹。"

多多听我说完，皱起眉头思索道："这样说起来的话，那梁品茹在济南的经历，就应该是她给我所做的虚假人设了。可是，如果说梁品茹对我讲的是虚假人设的话，我们又怎么能在济南真的找到梁品茹的叔叔婶婶呢？而且还在梁品茹的老房子中，找到了梁品茹青少年时期的物品和照片呢？那些东西，应该不是做伪。那会不会是，她给你讲述的那些经历是假的呢？"

我对多多说道："这也是我总想不通的地方。因为从梁品茹娇媚如狐、八面玲珑的性格来看，她对我讲述的她的经历，才符合她的性格。而她对你描述的在济南父母双亡的人设，人在成长的过程中，是需要父母的保护和爱护的。梁品茹在即将进入青春期的时候，父母双亡，又遭到亲叔婶的算计，应该形成的是胆小谨慎、再也不轻易信人的性格，甚至会因为自我保护意识的增强，而给自己形成一个保护壳。这样的保护壳，会让梁品茹孤僻封闭，尽可能减少与其他人的接触，而绝难形成这种八面玲珑的性格。"

多多对我说道："老甄你说的意思，我能理解。那么，我们该选择相信梁品茹描述的哪一种人设呢？是对我说的？还是对你说的？"

我内心焦灼，和多多讨论梁品茹，还能减缓一些我的焦躁情绪。毕竟，要是"拯救者"小队不能及时救出彤彤的话，我就只能想办法和梁品茹交易了。

就在这时，章玫开门进来，对我急匆匆地说道："甄老师，他们找到了彤彤的下落。老周要你和多多赶紧去和他们会合，他们担心在解救彤彤的时候，因为彤彤不认识他们，造成不必要的麻烦。所以咱们一起过去。"

我和多多穿上外套，拿起手机，立刻就走。我和章玫先驾车到了码头，在码头登上一艘快艇。这艘快艇好在是封闭船舱，不然的话，对于晕船的我来说，这一路都难以过去了。

在船舱里，章玫告诉我们，"拯救者"小队和老周发动了所有可靠的舟山渔民，拿着彤彤和几个孩子的照片，进行拉网式搜索，足足找了700多个小岛，最终在靠近东海的一座小岛中，找到了彤彤等孩子的踪迹。章玫说，那座岛面积不大，方圆不过20平方公里，小岛上没有常住居民，在几年前被私人买下。那座黄岛本来是去远海渔业作业的渔民，半途停靠休息和补充淡水之用。但是被私人买下之后，在小岛的码头就建立了保安亭，禁止其他船舶停靠了。渔民中有好奇的人，驾驶小艇，悄悄在小岛的另一侧登岛，爬到岛上的山顶，看到过岛中开阔地带，建起了两栋小楼，一栋三层，一栋四层，楼外围有一处漂亮的院子，院内有活动场所，那个渔民用自己新买的像素超高的某款手机，悄悄地录了下来，好去和同伴炫耀。没想到正好录到了彤彤等小朋友被房子内的两名年轻女子领到院子中活动的视频。

"拯救者"小队问到了见过这段视频的渔民，这名渔民在2000元奖金的激励下找到了登岛拍摄视频的渔民。

第二十七章 | 登岛营救

我们坐着快艇，在海上航行了一个半小时，终于停了下来。我们三人走出船舱，这才看到，我们原来是停靠到了一艘双层游艇旁边，游艇垂下挂梯，我们三人依次攀登而上。

老周在甲板上等着我们，老周并不多话，直接带我们去了舱内，舱内还有五六个人，其中一人看起来是头领，其余几人分别用对讲机不断地在联络。舱内挂着十来块显示器，显示器上正播放着岛内的影像。

老周对我介绍道："老甄，这就是'拯救者'小队的队长'马蜂窝'，现在我们已经对小岛无死角监控了，就等无人机对岛内情况彻底侦察清楚之后，再制订合适的方案，是强攻还是智取，都要登岛救出彤彤。"

我对"马蜂窝"表达谢意道："这次就多亏大家了，只要救出我女儿彤彤，我会再额外拿出200万的奖金来。"

"马蜂窝"表情没有变化，表情严肃如同老周。只不过老周是个精瘦硬朗的外表，而"马蜂窝"则是个穿着牛仔背带裤的胖子，而且脸上还戴着一副黑框眼镜。"马蜂窝"说道："我们'拯救者'小队只要接下这个case，哪怕是上天入地，也会完成。现在我们将这个小岛全方位监控，等我们负责技术的阿伟将岛内地形绘制成图，制订好行动方案，我们就会立刻开始行动。"

老周知道我晕船，船的抖动晃动都会让我头晕恶心，所以老周让章玫扶我在沙发上坐下等待。多多则站在"马蜂窝"身边，眼睛不眨地盯着显示屏。

大概也就是过了半个小时，"马蜂窝"对着对讲机说道："侦察完毕，按照A计划登岛。"

我们在显示屏中看到，有两艘快艇满载着二十名身穿黑色战斗服、头戴面罩的精壮小伙子在码头强行登陆。码头的保安亭本来出来四名保安意图阻止，但是很快被这边的"拯救者"队员一拥而上控制起来。与此同时，我也感觉到我们所在的指挥艇开动起来，直奔小岛码头。

这艘游艇本来就停在了距离小岛的不远处，因此开过去只不过十几分钟。我们到达码头之后，"马蜂窝"已然在游艇上居中指挥，老周、我、章玫、多多，在另外十名队员的簇拥下，快速奔向小岛入口道路中心。

小岛码头常年停放一辆皮卡车，方便岛上的人员来往交通，毕竟从码头到岛内房子有8公里左右，要是靠步行是不现实的。

我们登岛的时候，预先登岛的二十名队员已经通过这辆皮卡车全部运送过去，现在已经折返回来，将我们再次分批次运送过去。皮卡车驾驶室内能坐四个人，老周、我、章玫和多多在驾驶室内，六名队员在皮卡的货厢侧站立，剩下四名队员守在码头，以防退路被堵。

十几分钟之后，我们驾车到了岛中心的房子处。老周刚一停车，那六名队员迅速从货厢跳了下来。我救女心切，也是拉开车门就弹了出去。我小跑到那栋三层楼跟前，已经见到了先来的二十名队员，将这两座楼里的保安都用束缚带捆绑在草坪上了，岛上的十五名孩子和四名带孩子的女工作人员，也被控制。

现场已经被"拯救者"小队完全控制住，我走进院子的时候，一名手拿对讲机的队员走到我面前对我说道："甄先生，我们已经把两栋楼里的所有人都完全控制住了。在这十五名孩子中，我们应该是找到了彤彤，您过去确认一下。"

那十五名孩子被这二十名身穿战斗服、头戴面罩的"拯救者"队员吓得一动不动，其中还有好几个孩子，紧紧地抱着那几名女工作人员的胳膊，不肯撒手。

我走到孩子们面前，很快就从这十五名孩子中看到了女儿彤彤。我赶忙过去，一下把彤彤抱起来，对彤彤亲昵道："彤彤，爸爸的宝贝女儿，爸爸终于找到你了。你这就和爸爸回家。"

可是我没想到的是，彤彤在我的怀里不停挣扎，一边哭着一边扭头对着其中一名女工作人员喊道："德老师，快来救我。"

我把彤彤放在地上，双手捧着彤彤的小脸，焦急地说道："彤彤，我是爸爸啊，你看看我，我是你爸爸啊。"

彤彤却使劲把我推开，对我哭喊道："我不认识你，我也不叫彤彤，我叫小茹。"

多多和章玫也走到了我身边，一脸疑惑地看着我和彤彤。章玫忍不住对我小声说道："甄老师，你确定你没有认错吧。这小姑娘的反应，看起来不对啊。"多多则对我说道："老甄，彤彤身上有没有胎记什么的？你检查一下。万一是这个小姑娘和彤彤只是外形相似呢？"

我对多多和章玫说道："彤彤的左腰上，有一枚酷似蝴蝶的胭脂痣，从出生就带着的。看这个样子，我检查也不方便，你们两个女士帮我去检查吧。"

章玫蹲下身子，对彤彤微笑着说道："彤彤，啊不对，小茹。这位甄叔叔的女儿丢了，你的样子和她的女儿彤彤一模一样，为了弄清楚情况，姐姐带你去看看有没有相同的胎记好不好，看完了，姐姐把这枚亮晶晶的项链坠送给你好不好？"

　　章玫把脖子上的项链坠掏出来，在彤彤面前把玩展示，彤彤终于不再哭闹，而是回过头去，看了看那名她称作"德老师"的女工作人员，"德老师"对彤彤点了点头。彤彤这才对章玫使劲地点了点头。章玫脱下外套，围住彤彤，多多则轻柔地把彤彤的裙子往下褪了褪，露出腰部。

　　很快，章玫和多多转过头来对我说道："这个女孩子的确是彤彤，她左腰部酷似蝴蝶的胭脂痣很是漂亮。"

　　我确认无误这个小女孩就是彤彤，但是我冷静下来之后，想明白彤彤为什么认不出我来，很可能是梁品茹在这两周之内对彤彤做了什么手脚。不过好在彤彤已经救出，这趟没有白来。至于彤彤失忆的问题，等我回到北京，再做治疗恢复。

　　章玫问我道："彤彤怎么会失忆，她还这么小？"

　　我说道："想要让一个人失忆，只需要破坏大脑中负责记忆的海马区就可以。头部猛烈撞击、药物干预，甚至催眠都能实现，不但可以洗掉记忆，甚至还能有限度地植入记忆。"

章玫吓得吐了吐舌头，对我说道："听起来好可怕。一个失去记忆的人，还是那个人吗？那怎么治疗失忆的人呢？"

我说道："唤醒记忆，通过她熟悉的场景、对话来唤醒记忆。"

"甄先生就是甄先生，这么快就发现了女儿的记忆被清除了。"梁品茹那妖媚的声音，从人群中传了过来。

我心中一惊，就在这时，本来控制现场的"拯救者"小队突然分出几名队员把我、老周、章玫、多多包围起来。而原本被控制的几名保安则一脸得意地从地上站立起来，身上本来捆绑的绳索已经抖落在地上。

本来蹲在地上的一名女工作人员，摘下帽子和眼镜，甩了甩黑直顺滑的长发，扭动腰肢，风情万种地向我们走了过来。

梁品茹俏生生地站在我面前，对我盈盈一笑，开口说道："甄先生果然没让我失望，不但找到了这座小岛，还把多多也活生生地带了过来。"

老周站在我左后方，梁品茹站在我正前方，老周距离梁品茹也不过是一两米的距离，我已经感觉到老周腿部肌肉紧紧绷起。果然，老周突然发难，整个人迅疾地弹射过来。

老周的身影刚晃到梁品茹对面，斜刺里两名身穿战斗服的"拯救者"小队队员也迅捷地飞身过来，拦住老周。这两名队员的身手敏捷非常，老周数次攻击，居然都冲破不了这两个人的拦截。

梁品茹丝毫没有慌张的样子，也没再说话，就是笑眯眯地看着老周与两名"拯救者"小队队员缠斗。很快，另外两名"拯救者"队员也加入战团，而且他们手里还拿了电击棒。

在四名精壮搏击高手的围攻之下，老周终于一个失误，被其中一名"拯救者"小队队员绊倒在地。老周刚一倒地，就被电击棒电晕过去。

|第二十八章| 全军覆没

老周被打晕，我、章玫、多多都没有武力能力，一瞬间我们就成了阶下囚。

梁品茹等老周被打倒之后，命人押着我们进了三层小楼之内，我和多多、章玫分别被关押在不同的房间里，彤彤也被那个被称作"德老师"的女工作人员带走了。

我在被关押的房间里，颓废地坐在沙发上仔细思索，到底是哪个环节出了问题，为什么我们雇用的"拯救者"小队反而是对付我们的人？不过仔细回想之下，这件事的确顺利得不可思议。

老周单纯地凭借艾文留下来的资料照片，推测出彤彤被绑架的位置在舟山群岛。

老周联系到了"拯救者"小队，"拯救者"小队到位，只用了三天时间就找到了彤彤的具体位置。

这样一个对未成年人洗脑的培训基地，居然只有区区八名安保人员。而"拯救者"小队只是出动了三十名人员，还是仅仅利用岛上的一辆皮卡车，就轮番将三十多人运送到了小岛上的主建筑区。

梁品茹能够神不知鬼不觉地将彤彤绑走，怎么可能这么容易就让我找到。

梁品茹对我向她索要300万元定金，用来支付"拯救者"小队费用的时候，她毫不犹豫地就将款项打给我，我当时还自作聪明地给章玫分析了一大堆心理上的理由，解释为什么梁品茹会那么容易付款过来，现在想想，要么是这个什么鬼的"拯救者"小队本来就是梁品茹团伙控制的队伍；另外一种原因，就是那笔钱，不过是经我之手支付过去而已。

最为关键的疑点，我们的行动对于梁品茹来说，如同透明一样，毫无秘密可言。梁品茹到底是通过什么途径来知道我们所有行动的呢？

梁品茹如果完全清楚我们行动的话，为什么不在多多和我们会合之后，直接命令"拯救者"小队控制我们，追回多多拿走的那10亿元呢？而是要等着我们上岛，再完全控制我们呢？

好在我见到了彤彤，彤彤的人身安全没有问题，但是彤彤的记忆失去了。梁品茹为什么要制造彤彤失忆？

我在房间里冥思苦想，房门被打开了。梁品茹身着艳丽长裙，脚踏镶钻的高跟鞋，嗒嗒地踱进房间，一屁股坐在了我的对面。梁品茹掏出香烟，抽出一根，扔给了我，随后又抽出一根，叼在嘴里，用一只纯铜"都彭"打火机，发出一声清亮的"砰"的一声打着火，点上烟，又把打火机扔给了我。

我看着手里细长的女性香烟，虽然感觉怪怪的，但是烟瘾之下，还是点着了深吸了一口，但是很快，我就被女士香烟中的香料熏得忍不住打了几个喷嚏。

我知道梁品茹肯定会和我说什么的，毕竟我是她的阶下囚，而且她已经成功地将我们这几个人一网打尽，控制了我所有在乎的人，拿走了我所有的筹码。在这样的局面之下，我甚至都不清楚我还有什么能够不让梁品茹对我们灭口的凭借。毕竟艾文的这10亿元黑钱，背后就已经是十几条冤魂垫底了。

我和梁品茹谁都不说话，直到把烟都燃成了灰烬，梁品茹才对我嫣然一笑，如同闹了别扭冷战缓和局面的情人娇声道："这位甄先生，真是沉得住气，我不主动说话，你居然能一声不吭。"

我把烟屁股狠狠地掐灭在烟灰缸里，吐出嘴里的烟圈，对梁品茹说道："我现在全军覆没，完全落在了你的手里，而且我现在身在大海深处的小岛中，就算我们几个人，被你扔进海里，或者埋在岛内，都不会有人能找得到的。所以，梁品茹女士，若不是我还有我都不知道的用处，估计也不必劳您大驾，亲自来赏我一根烟抽了。"

梁品茹听我说完，定定地看了我好一阵子，随后哧哧地笑了起来，笑得身躯颤动，如同一朵绽开的罂粟花。梁品茹笑够了，这才对我说道："老甄啊老甄，没想到你这么自恋。但是你还真是有自恋的资本，你这么聪明，居然猜到了你还有你不知道的用处。"

我也对梁品茹笑了笑，说道："我有两个问题，想先问一下。"

梁品茹娇笑道："你不是要问你到底对我还有什么用处吧？这个你不问，我想告诉你的时候，也会告诉你的，我不想告诉你，你问也没用。"

我摇了摇头，回应道："第一，你为什么会给我女儿洗掉记忆之后，给她起的新名字叫小茹？"

梁品茹顾盼生辉的目光突然顿了一下，常见的娇媚情态也突然收敛了一下，正色回答我道："因为说心里话，老甄，我见到你的时候，也对你产生了莫名其妙的好感，等我见到你女儿的时候，对她更是喜爱，甚至我希望她能成为我的女儿。可是我这辈子，再也不可能有自己的孩子了。你的第二个问题是什么？"

我盯着梁品茹的眼神，想从她的目光中观察到任何可能的波动，但是却一丝一毫都没有。我收回凝视，对梁品茹说道："第二个问题就是，你这个打火机能不能送给我？"

梁品茹再一次哈哈哈地笑了起来，甚至笑弯了腰。梁品茹笑罢，对我说道："老甄啊老甄，虽然你平时看起来蛮古板的，我总算是知道你为什么那么吸引女人喜欢了，不论是成熟睿智的多多，还是青春当年的章玫，都对你一往情深。你还真是个有趣的家伙，不动声色之间，就让人对你愈发中意了。"

我配合地笑了笑，不再说话，等着梁品茹和我讲关键的交易。梁品茹绕了这么大一个圈子，一定有更多的图谋，而且这个图谋中，必然需要我的什么，或者需要我做什么，既然已经人为刀俎，我为鱼肉，我最理性的选择绝对应该是等着梁品茹和我做交易。

梁品茹终于开口对我说道："既然你已经想到了你对我还有价值，那么我就明白地告诉你，我们需要你去做一件事。"

我道："你们这么厉害，还有什么是需要我做的？"

梁品茹说道："难得老甄能这么有挫败感，这让我格外有成就感。老甄，你这次失败，是因为你和老周四个人，是不可能和我们整个组织抗衡的。当然，只要你老甄能够完成这项任务，对我们的组织也会有更深的认识，我想我们早晚会成为亲密无间的同伙的。

"我们三分之一的公费是在艾文那里保管的，这笔钱其中的一小部分，就是那10亿元，是被多多通过遗腹子继承带走的，但是还有绝大部分被艾文藏了起来。可是艾文却死在了街头，那一大笔公费被艾文藏在哪里，我们还找不出来。我们需要你去找回那500亿元的公费。这笔公费，被艾文保管收藏，一切线索，都要从艾文身上找出来。

"另外，艾文在街头突然自杀，我们调查了你很久，确认你当时的布置，不可能让艾文内心崩溃，因为你们所调查到的艾文的一切经历，本身就是艾文虚构给你们看的，他的所有目的都是一个，就是在你认为你能让他崩溃的时候，让你崩溃自杀，或者让老周崩溃杀死你。所以老周在老街上，当场控制不住自己，几乎要活活地打死你。可是就在那个时候，现场出了问题，艾文居然当街自杀了。连我都不知道艾文的崩溃点在哪里，艾文却当场崩溃到割喉自杀了。这个谜，我想，你能找到艾文保管的500亿元公款，就一定能找出是谁杀了他，我能确定，这个人一定是我们组织内部的人，所以我需要一个组织外部的人去查。"

| 第二十九章 | 如何破局

　　我静静地等梁品茹说完。梁品茹顿了顿说道："多多拿走的那10亿元，她为了救你们四个人的命，已经主动和我提出要吐出来。不过我们都大方得很，将这笔钱留给你们做调查经费。如果你能找回那500亿元，那么这10个亿就还是你们的，除此之外，组织还会再给你们20亿元，作为赏金。但是如果你找不回来，那就对不住了。不但你们所有人都会死，而且你女儿，将来会被我们培养成诱饵，去尽可能多地把钱赚回来。当然，就算你任务失败了，我也会尽我所能对你的女儿好一些。毕竟我是那么喜欢她。"

　　梁品茹说完之后，我说道："重赏在前，恐吓在后，可是我还是不清楚，为什么选择我。我只不过是个做破案直播的小角色，打算重新开始的普通人，为什么选择把我卷进来？"

梁品茹哈哈笑道："这个世界上，任何能够源远流长的组织帮派，都需要不断地吸收新鲜血液，如果没有源源不断的合适的人加入，这些帮派组织很快就会衰亡。从你老甄直播开始，我们就已经盯上了你，多多找到你之后，你单纯通过多多对艾文的描述，就能够判断出来艾文的操作手法。而且你能抓住任何一点线索，就能顺藤摸瓜找到答案，连自负极高的艾文都开始对你有了兴趣，所以他专门做了个局，引导你去了他给你预设的城市，在那座城市里，给你设下了陷阱，但是老周在关键时刻把你从下水井里拉了出来。在那之后，你居然找到了艾文所有人设的漏洞，还做出了同样手法的反击策略。只是我们没想到的是，艾文居然在街头被暗算了。如果你能完成这两项任务，那你就可以取代艾文，成为我们的重要成员，人才难得。"

我歪了歪头，认真地问梁品茹道："你又怎么能确保，我完成了这两项工作，你不是卸磨杀驴，杀我灭口，而是能兑现承诺呢？"

梁品茹对我邪魅一笑道："我想老甄你肯定有手段能让我们兑现承诺的。如果你做不到，那你也就没有足够的价值让我们对你这么重视了。"

我耸耸肩，叹了口气说道："我也没得选择。只能硬着头皮去做这件事。我还有两点想先弄清楚：第一，'拯救者'小队到底是什么人，为什么突然反水？第二，你为什么要搞这么复杂，要等我们登岛之后才控制我们，而不是多多刚和我们会合的时候，就将我们全部控制呢？"

梁品茹嘿嘿笑道："我当然有我的渠道和路径，不然怎么可能那么轻信你。而且，让你找到多多，还有让你找到这里，本来就是对你的考验。如果你连这些都做不到的话，那我们就没必要找你了。"

我说道："找到这里，是老周通过艾文留下的几张照片找到的，并不是我找到的。你高估我了，而且我和老周在破案当中是互相帮助的，老周极其擅长刑侦技术，通过各种蛛丝马迹，追寻线索。我则从作案者心理出发，找出线索。你要我去查这件事，我还需要老周和我配合。"

梁品茹再一次大笑一阵，对我说道："你放心，你们四个人，我都会放走的，不但放走，而且我也会和你们一起去查清此事的。只不过你的女儿彤彤，还需要留在这里。你女儿在我们手里，我在你们手里。你可以放心地和我合作，查找那500亿和艾文的死亡真相。"

我点头答应道："梁女士能和我一起配合调查，自然更好，毕竟，我们所知道的一切关于艾文的资料，都无法断定真假。而要想找出任何未知的真相，都需要靠已知的确定的真相去推导。为了合作愉快，我希望梁女士能够真诚地回答我，你给多多讲述的你的经历，还有你给我讲述的你的经历，到底哪个是真的？还是都不是真的？"

梁品茹听到我问这个问题，再一次恢复了娇媚姿态，对我说道："其实这两个版本都是真的，只不过其中一个，不是属于我的经历。你猜一猜，哪个才是我呢？"

我说道："其实关于你对我讲述的经历，与对多多讲述的经历，我基本上已经判断出来了，哪个是你的，哪个是别人的。只是有一点我没有想明白，到底是这个世界上，真有那么外形相似的人？还是你是后来改变过容貌的？"

梁品茹听我说起改变容貌，把一张俏脸贴近我对我说道："老甄，就请你仔细看看，我这张脸有没有整容过的痕迹呢？"

我故作认真地仔细把梁品茹娇俏的脸蛋看了又看，对她说道："看来这世上，还真有没有血缘关系却很相像的人。可是山东济南的那个梁品茹，在大学之后，又去哪里了呢？"

梁品茹对我笑道："既然你已经猜到了答案，为什么还要再问我呢？"

我说道："因为整件事情，在没有任何证据的条件下，大部分都只能是我根据有限的资料推测的，我得验证我的推测。而且，就如同梁品茹女士对我感兴趣一样，我对梁品茹女士也是很有兴趣的，不管怎样，我们在未来是先要合作去找那500亿贵组织的公费，还有艾文的死因的。而且要是我加入贵组织，咱们就更要合作了。所以我想知道一个真实的梁品茹究竟是什么样的。"

梁品茹明眸一转，又坐了回去，这才说道："我叫梁品茹这个名字太久了，久到我都忘了自己原来的名字了。而这一切的一切，都来自于我十八岁那年搭乘的那趟绿皮火车。

"本来这段记忆，我几乎已经要从脑海深处抹掉了。可是既然老甄你问了起来，那么为了把这一切事情讲述清楚，我还得从我的内心深处把它们唤醒出来。这段记忆，在我加入组织之前，每到夜深人静，都会让我从噩梦中惊醒，直到我加入组织，我才能有足够的勇气面对这些过往了。所以老甄，就算你打算用我的这些经历来对付我，也是做不到的。

"我和我的小姐妹凌蝶本来以为成年之后，就可以脱离孤儿院，脱离那个老畜生的掌握，但是我们没想到那个老畜生居然还留下了我们的裸照，用来威胁我们。而且虽然我已经考上了大学，可是大学的录取通知书，居然被老畜生当着我和凌蝶的面用打火机烧掉了。老畜生警告我和凌蝶，他已经安排我们成年后留在孤儿院工作，我们这辈子都要在孤儿院被他一直玩弄下去。并且老畜生还一脸施舍的表情打算让我们对他感恩戴德。在那个晚上，我和凌蝶决定，一定不能再持续那噩梦一样的日子了。于是我们决定让老畜生去下地狱。

"在长达三年被老畜生玩弄的日子里，我们已经知道，该怎么讨好他，让他对我们放心。所以，我们对他曲意逢迎，只为哄他对我们彻底放下戒心，好能实现我们的计划。我们假装顺从地在孤儿院工作了一个月，也领到了第一个月的薪水，老畜生还装模作样地给我和凌蝶额外多发了几百块钱奖金。我和凌蝶去附近的超市买了两瓶好酒，故意做出顺从讨好的样子，请老畜生喝酒。"

| 第三十章 | 借尸还魂

　　梁品茹说起这段往事的时候，身体明显处在紧张发抖的状态中，再也没有了往日里在我面前的千娇百媚，表现出来的是灵魂里的恐惧和厌恶："老畜生见到我和凌蝶主动买酒请他喝，很是高兴，在他的房间里，我们陪他纵情喝酒，他在喝酒的时候，对我们动手动脚，我们为了实现目的，也强忍着恶心，任他玩弄。终于，他在喝了一瓶半高度白酒之后，醉得人事不省了。而最让我和凌蝶恶心的事情是，这个老畜生在彻底醉倒之前，还同时侮辱了我们两个。等他发泄完了欲望，终于如同死猪一样摊到床上呼呼睡着之后，我和凌蝶用他那经常抽打我们的皮带，狠狠地勒死了他。勒死他之后，我们两个人把早就准备好的另外几瓶酒倒满了他的身体、床铺和房间。随后，我们用他的打火机，点着了这一切。

"我们两个人悄悄地离开老畜生的房间，看着火越烧越大，感觉自己身上和心中被老畜生玷污的肮脏，也一同被这场大火烧了个干净。直到火从老畜生的房间开始烧到旁边教室的时候，我们两个人才大喊失火了，孤儿院内剩下的孤儿师生纷纷在睡梦中醒来，大家如同没头苍蝇一样，有的忙于逃命，有的喊着救火。但是当大家发现是老畜生的房间着火之后，就都心照不宣地只是把水泼向烧起来的教室，阻止火势蔓延。等老畜生的房间快烧塌了，消防车的警笛声才从远而近地传了过来。等大火扑灭，老畜生已经烧成了焦炭。事后，刑警和消防给出的结论是，老畜生醉酒之后，无意间引燃了屋内存放的高度白酒，引起大火，自己也被烧死了。

"老畜生死了，我和凌蝶在老畜生被调查死因的时候就已经离开了孤儿院，为了避免可能的麻烦，我们选择了离开那个城市，直奔南京打工。

"我们为了省钱，购买了一辆普快列车的车票，也就是那个年代的绿皮车。也正是在那趟列车上，我遇到了梁品茹，好巧不巧，我们两个人居然坐在了面对面的位置上。梁品茹在我已经坐了一半旅途之后上的车，当她对着车票坐到了我对面的时候，我仿佛看到了另外一个自己，不只是我，连凌蝶都惊诧不已，没想到这个世界上，还有这么相似的人。

"我和梁品茹碰到之后，不约而同地起身，走到洗手间的镜子前，仔细端量彼此，确信我们真的如同亲生姐妹一样相似。我们同时对彼此好奇和亲切起来。于是在剩下的还有七八个小时的车程中，我们聊起彼此的经历来，我知道了她父母双亡，叔叔婶婶对她也不好。她也知道了我是在孤儿院长大，可是我们小时候的经历完全不相干，因此我们绝没有可能有血缘关系。可是又因为我们两个人如此相似，所以我们很快就成为朋友。而且我们也发现，我们共同的目的地，也都是南京。

"到了南京之后，梁品茹去了大学报到，我和凌蝶则先找了份服务员的工作。过了一个多月，我和凌蝶一起租了一套小房子，也经常喊品茹过来一起涮火锅。品茹因为财产都被叔婶侵吞的原因，也得自己打工赚取学费和生活费，因此我们三个人也是经常见面，还在一起讨论怎么赚钱。

"我也没想到的是，在我们认识的第二个月，我们三个人在逛街的时候，一辆醉驾车呼啸而至，把品茹当街撞死了。我和凌蝶虽然已经杀过了老畜生，但是在我们内心深处，就如同杀死猪狗一样，并没有当老畜生是人。可是当品茹前脚还和我们在一起有说有笑地逛街，后脚却因为去给我们三个人买水过马路的时候，被醉驾司机撞死的时候，我和凌蝶惊慌又难过。一直到警察来到，询问有没有人认识品茹。

"那天的所有事情，我都能想得起来。当警察现场询问的时候，我的一只脚已经迈了出去，凌蝶拉住了我。凌蝶小声对我说，我本来可以上大学，可是我的录取通知书被老畜生毁了，但是我和品茹长得这么相似，品茹意外死了，我可以用她的身份去上学。凌蝶让我从另一个街口离开，而她则走向前去，向警方证明死者是我。

"我和品茹是如此相似，警方很快就相信了凌蝶的话，而因为我的身份是孤儿，交通肇事的赔偿赔给了孤儿院。而我则冒用了品茹的身份上了大学。品茹平日里性子沉闷，和班里的同学，甚至同寝室的同学都不怎么说话，只是和我与凌蝶在一起的时候，才能敞开心扉，随意聊天。她当然也会和我们说起她的同学，我在品茹的寝室里，有意少说话，很快就分清了同学的名字，很快也就和其他同学熟悉起来。没有人怀疑我并不是她们最初认识的那个梁品茹。这期间，只有品茹高中时候的小男友，紧追着我不放，我担心被品茹熟悉的人看出端倪，因此给那个男生发短信息分手。而在大一上半学期快结束的时候，我也遇到了艾文，寒假刚开始的时候，品茹的高中男友来到了学校，在女生宿舍门口堵到了我，我虽然并不知道这个男生到底是什么样子，但是我从那个男生的表情中，一眼就认出了他。我正和艾文处在热恋之中，遇到那个男生之后，我一听他深情地喊着品茹的名字，就已经在心中想好了该怎么让他对品茹死心，或者说是对我死心。何况女人都很清楚，怎么让暗恋自己的男人放手退出。我在那男生面前，故意和艾文亲热，对于十八九岁的男孩子来说，这种举动足够让他伤心欲绝，转身离开。果然，从那之后，我冒用品茹身份最后的隐患也就消失了。

"我也早就知道品茹父母双亡之后，爱护自己的祖父母、外祖父母，没有几年也都去世了，她在世上剩下的亲人就只有巴不得她再不出现在自己生活中的叔婶了。因此，从品茹出了车祸身亡之后，我就成了梁品茹，从那之后，我顺利地从大学毕了业，和艾文一起从曹洁那里获取了第一笔大钱。在我们的财富越来越多的时候，我们被同样志同道合的一群人找上了，原来这个世界上，不只我们用这种手段去谋取财富，还有一群人，也在用这种手段去猎杀该杀的人。如果说，我和艾文原来还有内疚，认为自己在作恶，可是当我们进入组织之后，我们确信我们在替天行道。我和艾文在这个组织中，因为贡献卓越，在组织内的地位不断晋升。艾文因为在心理学应用方面的造诣，已经被首领当成心腹，参与更深层的机密，掌管三分之一的组织公费。

"可是，就在艾文认真和你较量的时候，却突然惨死街头。所以我一定要找出他死亡的真相，还有他保管的公费。多多本是艾文的猎物，作为女人的直觉，我发现艾文对多多动了真情，他在把多多的2000万弄到手之后，按照原计划，要让多多自杀或者死于意外的，可是艾文却迟迟没有动手，这个时候多多已经对艾文产生了怀疑，她通过她的律师朋友与警察朋友对艾文开始了秘密调查。那两个男人对艾文来说，根本不可能成为威胁，可是艾文却动手让他们死于意外。我本来以为多多已经开始对付艾文，艾文肯定要动手除掉多多了，但是没想到就是这样，艾文也不肯对多多动手。"

第三十一章 | 关键逻辑

梁品茹讲到艾文的时候，脸上的表情有了爱恋，有了妒恨，有了更多复杂的变化，甚至连姿势手势都随着心情的变化，变换了多次："这个世界上，最为神奇的感情就是男女情爱。这种感情，从来都是感性大于理性，不管你的理性怎么指挥你该做什么事，但是你的感性就是会让你忘了你该做什么事。我和艾文共同对付过多个女人，那些女人也算得上是各有风情，艾文也少不了和这些女人逢场作戏，甚至亲热上床。但是只要她们的钱到手，艾文都会毫不手软地将她们除掉。可是只有多多，艾文就是迟迟不能痛下杀手。因此我确定艾文对多多动了真情。

"多多找到了老周，又通过老周找到了你，还在你的直播间里交流艾文的事情，你和老周的那场直播我和艾文在一起观看的。我和艾文本来以为你只不过是个讲故事的书呆子而已，但是真没想到，你居然能够从多多知道的那一点信息，就能推断出艾文的大部分真实心理状态。你让我们有了兴趣，艾文出道以来，更是鲜有对手，那些试图调查艾文的人，在调查还没有展开的时候，就已经被艾文通过各种心理应用技术，让他们看起来意外而死了。

"因此，当你这样一个对手出现的时候，艾文反倒来了兴趣，也许是你们男人之间好比较的本能作祟，也许是艾文感觉到了多多对你的好感，总之，艾文要和你一较高低。而我则确信，你没那么好对付，因此我决定从老周那打开突破口。

"我通过调查，知道了老周在缅甸执行任务的时候受过刺激，所以我安排了那个电话，播放了那段佛经。在电话中，我已经听到了汽车紧急刹车和你们尖叫的声音，我已经等着你们出车祸而死了，可是没想到的是，你们居然大难不死，还找到了曹洁全家自杀案作为突破口。我们清楚你和老周原来的职业背景，知道如果不谨慎地对付你们的话，你们的那些旧交朋友，只要发现你们的意外是人为制造的，就一定会追查到底，所以我们只能对你们暗中观察，伺机行事。

"直到你们追踪到艾文长大的孤儿院，甚至查到了艾文的亲生父母的杀人案，艾文才开始有些慌张了，因此我们守在你们必然会去调查艾文亲生父母所在的老公房区，给你安排了一场噩梦重演的戏码。

"可是你居然第二次被老周从死神边缘拉了回来，这时候，艾文已经猜到你会用他的身世来对付他。可是你们终归不是当事人，所以你们所有的真相基本上都是推断的真相，或者说是逻辑的真相。而这些真相是建立在你们获取的信息的基础上的。而如果你们获取的信息本身就是被人操纵的话，那么你们推断出来的真相，就根本不可能是真相。因此在你们找到王云老太太之前，我和艾文就已经先行对她进行了心理干预和记忆移植，所以她给你讲述的一切，都已经是加了料的真相了。任何一件陈年旧案，只要真相的细节，特别是关键细节有了一点的偏差，都会让你谬之千里。因为你们从王云那里得到有了偏差的回忆，因此，之后不管你们再怎么验证，都会有偏颇的推断了。

"所以你们推测，认为真正杀人的是十岁的艾文，所以你们打算通过艾文内心深处的愧疚，彻底击垮艾文。但是殊不知，我和艾文却准备将计就计，让你和老周自相残杀，好让我们一箭双雕。

"可是我千算万算，却没有算到老周当时已经在艾文的暗示之下失去理智，几乎当街将你打死，而艾文却突然当街自杀。我当时也在现场，看到艾文惨死街头，先是震惊，随后是难过，最后是疑惑不解。你所准备的如同情景剧一样的暗示，根本不可能对艾文起到作用，那么艾文的真正死因究竟是什么呢？我百思不得其解。我想来想去：如果说我们遇到的人，有足够能力让艾文崩溃自杀的话，那么就只可能是你。可是偏偏在当时，你已经被老周打个半死，昏厥过去。那么又是什么原因让艾文这样一个心理高手，内心崩溃到当街自杀呢？

"艾文突然死亡，多多却又通过遗腹子，继承了艾文的遗物遗产，我和艾文虽然是情侣关系，可是终归多多肚子里有艾文的孩子，是代位继承人。当我平静下来想去通过控制多多获得艾文的遗物的时候，多多已经处理了艾文的遗产遗物，而且人已经消失不见。

"我无奈之下，只好通过你来揪出多多。现在来看，我对你和多多的判断还是准确的。"

我听梁品茹说完了大概的经历，问道："你和艾文是如何知道我们打算怎么对付艾文的？"

梁品茹道："从你们开始物色在老街表演的人选开始，我们就已经知道你们打算怎么办了，因为让你们认为艾文内心崩溃点的，正是我们想让你们以为的。"

梁品茹看着我眼神中闪烁不定的怀疑，对我再次肯定地说道："艾文已死，我现在最主要的是想查清他的死因，还有那笔巨款的下落，没必要在关于艾文的事情上对你有所隐瞒。"

我点点头，随后问道："那艾文父母之死的真相到底是什么？艾文究竟是谁的儿子？还有艾文的崩溃点是什么？"

梁品茹对我意味深长地看了一眼，回答道："你真是个不查到底不放手的性子。不过也只有这样，才能找出真相。

"艾文父母的真正死因，在这个世界上，只有艾文才知道。艾文的确是曹雄的儿子，艾文在母亲张志华临刑前见过她一面，是张志华亲口告诉艾文的。而茶水中的毒，其实是付国栋自己投下的。毒药是艾文从学校实验室偷出来的，让艾文偷毒药的正是付国栋。付国栋服毒之后，当时还没有死，处在后悔但又亢奋的精神状态中，付国栋在弥留之际告诉艾文，他在茶壶里下毒的意义就是，不管他自己、张志华、曹雄，谁喝了茶水，都会被毒死；而活下来的人，都逃不掉嫌疑。也就是说不管谁被毒死，都是同归于尽的局面。至于艾文，付国栋临死前狞笑着对艾文说，他早知道艾文是张志华与曹雄的孽种，他就是要让艾文这个孽种孤苦伶仃地留在世上受苦。

"所以你想，知道一切真相的艾文，怎么可能会对付国栋怀有愧疚？而从小因为付国栋、张志华、曹雄的三角关系而受到邻居和同学嘲笑的艾文，对三个人都满是恨意，当然对他的亲生父母张志华和曹雄恨意更大。因此，他对警察没说过任何实情。警察对当年十岁的他也没怎么在意，并没有深入询问，并且'严打'期间，这种奸夫淫妇谋杀亲夫的案子很容易办成铁案。

"至于艾文真正的崩溃点，其实是在他长大的孤儿院中，他的怀疑，害死了他少年时的好友刘哲瀚。刘哲瀚和艾文同时暗恋院长的女儿琪琪。艾文因为被自己亲生父母影响的关系，对任何人都不相信，当刘哲瀚请艾文喝可乐的时候，艾文因为担心刘哲瀚为了抢琪琪害他，所以决定先下手为强，在刘哲瀚的可乐中投入了老鼠药，刘哲瀚因此中毒而死。但是警方调查的时候，认为刘哲瀚因抑郁服毒自杀，这件事也就过去了。直到艾文读大学前，和琪琪道别的时候，琪琪告诉艾文，刘哲瀚曾经对琪琪认真地说过，他一定要帮助艾文追到琪琪。艾文才知道自己当初害死了对自己最真挚的好友。"

第三十二章 | 临终遗言

梁品茹说完后，我对梁品茹说道："我想我们可以合作了。只是你和多多之间，该怎么合作相处呢？"

梁品茹说道："艾文死了，我相信多多也能感受到艾文对她的情愫，她也会想知道艾文的真正死因。这就是我们之间合作的基础。在来找你之前，我已经和多多谈过。我们先找出害死艾文的真凶之后，再做其他打算。多多也告诉了我，艾文在临死前，说的那两个字：'童年'。"

我说道："这两个字，是目前破解艾文死亡之谜的唯一直接线索。你说艾文当街自杀的时候，你也在老街现场，那么你看到的现场又都是什么呢？我当时已经被老周打昏过去了。多多和章玫忙着阻止老周对我殴打，也没有注意到艾文究竟是遇到了什么、看到了什么，最终自杀的。那么在现场中的，就只有你看到的最为全面了。我需要你看到的现场。"

梁品茹对我笑道："我不但在现场，而且我还安排我手下的人，在现场四个不同的角度录了视频。从老周和你在路上不断遇到早就安排好的场景开始，再到艾文当街自杀，四个方向的视频完整地把当时的现场记录了下来。可是我把这些视频反复看了多遍，就是找不出一丝线索和端倪来。"

我对梁品茹说道："既然我们已经谈妥了合作，你是否可以让老周、章玫、多多和我一起，观看那四段视频。你已经说服了多多合作，我也同意与你合作，我想老周和章玫只要见到我同意与你合作，也会愿意继续合作的。"

梁品茹倒是爽利的性子，我们既然已经同意了合作，她迅速命人把老周、多多、章玫从关押的房间里放了出来。梁品茹已经和多多谈过了共同合作调查出艾文死因的事项。其余的就是我和章玫、老周解释清楚，为什么我和梁品茹达成了合作协议。

我和章玫、老周毕竟合作经年，实在是互相了解太深。我稍微提起这个想法，老周和章玫就已经明白了我的意思。

我们来到了这座三层小楼的会议室。梁品茹已经命人把拷贝好的四段视频投放到会议室中的电视机中播放。

第一段视频，明显是有人在移动过程中，跟着我和老周用手机摄录的。视频的录制过程中画面一直抖动，而且距离我们始终保持10米远的距离。

在第一段视频中，我和老周在老街中走着，遇到了那一对儿发生争吵的情侣，然后发生了其中一个男青年抢走了另外一个男青年的恋人的争吵、殴打。下一步我们走到了街口，老周猛地回过头来，脸上的表情已经开始不对，在视频中表现得清清楚楚。而且拍摄视频的人为了突出老周的表情，还将视频的像素、焦距调大，这样调整的结果是这组视频只能看到我和老周，根本看不到艾文的活动轨迹。我们在视频快结束的时候，才看到艾文从老街的对面走了过来与我和老周擦肩而过。艾文路过我和老周的时候就迅速快步往前走去。艾文这样的表现明显是有问题的，因为艾文已经做好了要对付我和老周的准备，事实上也证明他已经成功了，那么他为什么并不关注这个时候已经愤怒的老周，还有老周当时已经捏紧的拳头呢？那到底又有什么在这条老街上牢牢吸引住了艾文呢？最后，视频中已经明显录到了老周开始愤怒地殴打我。录制视频的人被看戏的人群挡在了外面。他在努力往人群中挤，尽可能把老周殴打我的全程都录下来。但是现场实在太嘈杂，视频就结束了。

在第二段视频中，拍摄的角度明显是在老街的某一处高地，显而易见是从上往下拍的。这段视频拍摄的清晰度要远高于第一段视频，因为我们甚至能清楚地看到艾文走到我和老周身边的时候，抬起手腕看了看手表。我们能在视频中看到手表的品牌还有时间。随后，视频已经拍到了老周殴打我的场景，可是艾文却只是看几眼就转过头去，在人群中似乎寻找着什么，仿佛我们和艾文是毫不相干的陌生人。从视频的角度可以看得很清楚，老周一拳把我打倒在地，并且用脚狠狠地踢打我的头部。我很快就没声没息地倒在地上。章玫和多多迅速跑过去紧紧抱住老周，好像在说着什么。这段视频没有录音的功能，所以视频是无声的。我们也只能从章玫和多多的表情上看出，她们在极力劝说老周。而此时的艾文则直勾勾地盯向老街的一个店门口。

第三个和第四个视频是用无人机拍摄的。因为这几个视频都很短，并且从拍摄的角度来看，有人在操控无人机驾驶，从不同的角度和高度悬停拍摄。可是我们就是看不到艾文盯着看的方向到底有什么。毕竟，当时梁品茹安排这四段视频的拍摄，主要是针对我和老周的，并不是艾文。所以我们也只能通过这四段视频中的蛛丝马迹找出艾文当时到底发生了什么事情。

我们四人看完视频。老周说道："这四个视频中有一个问题是共同的。那就是艾文为什么并不关注他所造成的我们两个人互相殴打这件事，目光却盯着其他地方。在这些视频中我们看不到到底是什么把艾文的注意力吸引过去了。"

老周说的这个问题，我们也都注意到了，这是在艾文突然当街死亡的录像中，能体现出来的最大破绽了。

可是究竟又是什么呢？

要想破解艾文当街死亡之谜，一定要找到当时吸引爱文注意力的内容和地点。我问梁品茹："你有没有去艾文在视频中所看的方向实地勘察？那里有没有什么特殊的地方？"

梁品茹点头道："当然了，我实地去考察过。他所看到的那个方向是一家钟表店，可是也并不是什么名贵手表，只是一些工艺品手表。那家钟表店门口有一个监控，我也花重金买下了钟表店门口的那个监控内容，我命人把艾文自杀时的录像剪下来了。"梁品茹一边说着一边打开监控录像内容，并在电视上播放了出来。钟表店监控显示出来的内容并没有什么出奇的，只是钟表店门口进进出出的人，而且钟表店的监控是朝外的，正好对着老街街道，看不到钟表店的内部发生了什么。我问梁品茹道："钟表店店内有监控吗？按理说这样售卖比较贵重商品的店铺，除了门口设置监控之外，店内也会设置监控。"

梁品茹说道："这也是比较奇怪的地方，就是那家钟表店店铺内部并没有监控，所以当时艾文在紧盯着那家钟表店的时候，钟表店之内发生了什么，我们已经没法知道了。"

"那你有没有什么办法去询问钟表店的店主，或者钟表店当时的销售员，他们店中到底发生了什么事情？"

　　梁品茹回答道："我当时知道出事之后，也在最短的时间内找到了钟表店内负责销售的两个姑娘。可是那两个姑娘给我的回答是她们当时只是在店内忙着招待顾客，并没有注意那短短的几分钟钟表店内发生了什么奇怪的事情，只听到钟表店外出现了自杀事件。"

　　她们听到外面嘈杂的动静之后，也忍不住好奇之心，跑到了店门口，往外看去，就更不清楚店内发生什么事情了。我们四人从梁品茹提供的几段视频，还有她自己所调查的资料，能想到的内容也就这些，此时并不能找到其他更有价值的线索。

|第三十三章|　再回老街

　　我和老周想了想，都认为我们还是要回到老街实地考察一下，两天之后，我们再次回到了上海市内的那条老街。老街上照样人群熙熙攘攘，游客如织，并没有因为两周之前发生的当街自杀惨案而有什么影响。

　　艾文自杀地点上的痕迹早已没有了，惨暗的痕迹，甚至连周边的店铺都没有什么变化，人们似乎已经不太在意这里曾经发生过什么了。特别是这种商业景点区的老街，在当时看过热闹的游人拍了视频传到网上，喧嚣一番之后，后来的游人也并不在乎之前发生的事情了。

　　除了我们外，没有其他人在意艾文的死亡地点，而只是当作饭后的碎嘴谈资而已。此时的我走到这条老街上，不由得想起在这老街上被老周猛烈袭击，然后几下就把我打晕的一幕。旧地重游的感觉居然是脑壳发疼，仿佛再次受到重击。老周走在老街上，脸上浮起一些不好意思的尴尬表情，毕竟他在这个地方受到艾文的心理暗示影响，对我进行了攻击。如果不是章玫和多多拼死阻拦，他可能真的要把我活活打死了。

心有余悸的我，走在这条老街的路上，本能地与老周保持一定的距离，避免老周再受到什么刺激从而发生什么暴力袭击的事件。多多和章玫也发现了我的反应，下意识地走在了我和老周中间，隔开了我和老周。我也能看得出来，梁品茹在这个区域的身体反应也明显不自然起来，毕竟这里是她心爱的艾文殒命之所。

我们走到了艾文死亡现场，四处望去，没有发现什么异常之处。人群往来如织，两边店铺繁华满目。对面的钟表店依然放着吸引人购物的音乐，只不过门口多了一名促销的小姑娘。她身着旗袍，伸出手腕展示自己的高级腕表。我把梁品茹所收集的那几段视频拷贝到手机里，以便随时可以找出来查阅。

最终我和老周还是决定用老办法：顺着艾文进入老街行走的轨迹，重新再走一遍。老周沿着艾文行走的轨迹去检查有没有什么新的发现可能，我想办法把自己当成艾文，看看从他的角度，我应该关注什么，能看到什么。根据梁品茹的说法，她给艾文的那个信封里是他们谋害的所有人的名单，是用来警告艾文一定要对多多下手，不能再心慈手软，不然的话她就和艾文分道扬镳。

我设身处地模拟自己是艾文。如果我对梁品茹有多年深厚的情感，但是却对多多也产生了感情。梁品茹给我这样一个警示名单，我是否会有心理波动上的影响呢？

我闭眼沉浸在艾文的角度，想着这一系列的事情。如果我是艾文，我想到的一定是我该怎么处理这样的麻烦。如果我彻底选择了多多，梁品茹是如此厉害可怕的一个女人，那我一定要想方设法地离开她，和多多远走高飞，重新开始自己的新生活。毕竟有了足够的财富和能力，我们可以选择一个新的国家。可是多多并没有跟我说起过，艾文跟她有这样的打算，那么说明艾文并没有在情感上彻底倒向多多，他实际上是在犹豫、在挣扎。

男人在很多时候，除了喜新厌旧之外，也是会念旧情的。如果艾文彻底选择梁品茹的话，那么由团队下手除掉多多，就不会有心理障碍。艾文之所以没有听从梁品茹的意愿，也没有和多多远走高飞，那么就只能说明一点，那就是艾文在两个女人之间左右摇摆。

所以说艾文现在陷入了两难境地——他到底该选择梁品茹还是该选择多多。从梁品茹给他的那个信封里，也就是最后通牒之后，他一定是纠结和矛盾的。

至于他是否能通过在老街上的布置，除掉我和老周，可能已经不是他最为关注的问题了。他已经几乎两次杀死我和老周了。一次是老周驾车就要出现事故，另一次则是在我们成长的城市里，我差那么一点就坠入敞开的下水井里。所以艾文路过老周殴打我的现场，只是瞥了一眼，就不再关注了。重点是在当时的现场中究竟是什么把他的注意力吸引走了。我走到当时老周情绪开始控制不住的地点，模拟艾文扭头看了一眼，之后我向四处看去，并没有发现有什么特殊的店面、有什么特殊的场景是能够吸引我的。

我又把当时那几个视频定格在相同时间相同地点，我注意到了一个细节，那就是艾文在这个时候看了一下表，而表的时间正指向了下午三点四十二分。我看了看时间，我们在老街上的时间是下午两点半，距离三点四十二分还有一个多小时，但是这个时间段光线并没有什么太大的不同。

我左看右看，也看不出什么问题来，一无所获之下，我们几个人又在老街上反复走动勘察了好几圈，直到感到口干舌燥。

我们在路边找了一个冷饮铺子喝椰子汁。我让老周模拟艾文这一路从老街的另一个入口走过来，有没有什么发现？老周摇摇头，这里店铺并没有什么变化，当时艾文只是在路上急匆匆地走，看了我们一眼之后，就继续往前走了。我说："你有没有注意到他看了一下表？"老周说他注意到了，可是看一下表也并不一定能说明什么。有很多男人只是习惯性看一下表。老周突然想到一个问题，问多多："艾文平时是不是喜欢各种机器和机械表？"多多回想起来说："是的，艾文有好几块名表，好像你们男人都比较喜欢机械表。"机械表是男人的玩具，所以当他戴上自己心爱的手表时，可能会下意识地看一眼，并不一定是看时间。

如果只是下意识地看一下表的话，那么他的目光被对面的钟表店吸引也就没有什么稀奇了。因为钟表店正是卖手表的所在。对于喜欢玩腕表的男人来说，看到钟表店的感觉，就像是女人看到包包和化妆品，甚至零食一样，也会忍不住地多去看两眼的。

我们几个人在冷饮店喝了冰凉椰汁，这才感觉缓了过来。很快就接近艾文出事的时间了，此时我也并不清楚这个时间到底有没有意义，不过为了起到准确模拟现场的效果，我在三点四十的时候在艾文自杀的地方看向钟表店。

这个时候正是太阳转到西南方向，这条老街是斜的，那么钟表店的朝向正对着西南方向的太阳的位置。

第三十四章 ｜ 镜面反射

　　本来钟表店的橱窗玻璃是透明的，我们来回路过几次，不管是距离钟表店的橱窗玻璃多远，都能够透过橱窗玻璃看到钟表店的内部，可是偏偏在这个时间钟表店的橱窗玻璃在刺眼阳光的照射下，形成了镜面效应。我在钟表店的橱窗玻璃上看到的，已经不是钟表店的内部情况，而是如同镜子一样反射街上来往的人群，还有往钟表店内部看去的游客。

　　也就是说，我看到这个现象之后，能够明白艾文在当时那个时间看到的钟表店，可能看到的并不是钟表店的内部，或者是钟表店附近的景象，他看到的其实是钟表店橱窗玻璃的反射。如果有人想对艾文进行影响的话，那么他完全可以借助这个现象，利用钟表店橱窗玻璃的反射效应。

　　我把这个发现告诉老周、章玫、多多和梁品茹，大家的思路一下子打开了。老周很是敏锐，迅速地透过这个思路去寻找在这个阶段能够拍到钟表店反射橱窗内容的监控视频，万幸，钟表店对面是一家金店，金店的店门口有一个广角360度的高清监控摄像头，完全能够照到钟表店。

我们一行人快速地走向金店，找到金店经理，在经过有价协商之后，要到了金店的监控视频。而金店的监控视频又和其他店铺的监控视频有所不同，一般的监控视频都是七天自动覆盖，可是金店的监控视频一个月才进行覆盖。

所以我们很幸运地从这家金店的监控视频的存储硬盘里，找到了艾文自杀当日的监控视频文件，并且把当天监控视频文件拷贝回来查看。进度条推到下午三点半到三点四十五分，从艾文看向钟表店橱窗的前几分钟，到他自杀后两三分钟时间内，钟表店橱窗内所折射出来的内容是什么？

老周惊讶道："还真有监控拍到了。"

结果我们看到钟表店的橱窗上折射出了一张照片，照片是一张两个小男孩的合影，梁品茹一眼便认出其中一个小男孩正是少年时期的艾文。

我们也因为调查艾文的父母杀人一案，对艾文小时候的照片很是熟悉，所以一下子认出了其中一个小男孩正是十岁出头的艾文，那么另一个小男孩是谁呢？通过艾文小时候的真实经历和照片背景，我们推断另外那个小男孩大概率就是和他一起在孤儿院的，并被艾文毒死的刘哲瀚。

也就是说，在艾文自杀当天，真正刺激到艾文的，绝不是我们自以为是模拟的小男孩无意间给茶水壶里下了毒，毒死了把他养大的父亲的场景，而是艾文心中有愧的，自己新手毒死的少年时的好友刘哲瀚。

可是又是谁把这张照片投射到钟表店的橱窗上的呢？又是用什么设备投放上去的呢？章玫说道："我刚好搜索到了可以满足投射的设备，可以转换投屏的手机。"我让章玫继续研究这种设备的操作方式。

我们其他几个人又把视频调整倍速仔细观看了几遍，终于发现这个投影是在钟表店橱窗内部，用类似于投影仪的小型设备投射过来的。

当时据钟表店内部的两名销售员所回忆的内容来看，当时她们两个人正在忙着接待游客，并没有注意到钟表店内部有什么异样。

我们再次走进钟表店，请了两名销售员仔细回忆两周之前，在街头有人自杀的片刻之间，钟表店内部究竟有多少名顾客？有几个人？有什么异状？两名姑娘仔细回想之后，告诉我们，在那个时间段是一个旅行团，有十来个人，一下子乌泱泱挤进了店里。

大部分游客是不想买东西的，他们散落在钟表店内部。

有的人在看着各种漂亮的工艺品手表，有的人则和销售小姐询问表的价格性能，还有的人在一旁聊天，她们也没有注意到是谁能够用什么东西在投屏。

根据章玫的搜索，有一种手机本身带有投影功能，也就是说，只要悄悄地打开那个投影功能，就可以把这张照片投影到橱窗玻璃上。

那么，如果他想避免被别人发现，他就要离这个玻璃很近，可是那两名销售人员却无论如何都想不起来当时靠近橱窗玻璃的游客是谁，是男是女，是老是少，是什么样子。

线索到这里就已经断了。我们唯一能够确定的就是艾文的死亡原因，的确是受到了强烈的暗示，照片引起艾文内心深处的愧疚感，最终造成他当街自杀的局面。

这时多多提出疑问：就算是艾文对刘哲瀚心有愧疚，那也不至于只是因为看到了一张少年时期的合影就会自杀。

我对多多的提法赞同道："一个人内心被击溃，很难只靠单纯的某个物件或者某个场景就被击垮，一定是有周期的、循序渐进地能够调动他的情绪的一系列的行为，才能够触动这个人内心深处的情绪，最终击垮他。"

老周说："会不会是这样，艾文看时间，并不是无意中看时间，实际上是跟别人约好了，在三点四十二分让他看向钟表店橱窗？这样的话，这个人才是关键。"

我把老周提供的思路纳进考虑范围，但是疑点和关键人物都还解不开。我便问多多道："艾文的手机是不是还在？你有没有把其中的聊天记录都查阅过？"

　　多多摇头对我们说道："我并没有查阅艾文手机的所有聊天记录，而只是查阅了和我相关以及他和梁品茹的对话内容。"

　　梁品茹此时并没有因为多多看了聊天记录而有什么反应。多多继续说道："那我们是不是可以把艾文的手机送去进行技术检测，看看他在自杀前那一段时间内有什么陌生人联系？"

　　我说道："一个人的手机所能显现出来的信息太多了，事不宜迟，多多快带我们去取手机，看看能不能发现其他有价值的线索。"

　　我们几个人共同把艾文的手机中所有的聊天记录都刷了一遍，但是并没有发现能够引起我们注意的特别的聊天记录。

　　章玫说道："会不会有什么聊天记录是艾文看过之后就删掉的。"

　　多多奇怪道："艾文和梁品茹所交流的关于怎么对付我的聊天记录都没有删掉，那还能有什么聊天记录是他看完就会删掉的呢？"

我说道："也有可能是会让他觉得不愿意面对或者恐惧的内容，所以他看过之后就删掉了。"我问章玫道："玫子，在微信中删掉的聊天记录，能否再找回来呢？"

章玫回复我道："这个可不确定。有些技术好的黑客，是能够恢复删除的数据的，但是也要看多久之前删掉的。只能碰碰运气。"

章玫拿出手机，联系了她认识的专做云恢复手机数据的一个小哥。在那个小哥的远程指导下，把艾文的手机连上电脑，由对方远程下载手机数据，进行数据恢复。如果数据恢复不了，就得通过拆机强行读取手机内部存储的资料来查询相关内容了。如果通过硬件读取的话，就需要相当长的一段时间去处理了。我们商量完毕后，把关于艾文手机的数据下载恢复的问题全权处理清楚。

我们找到了艾文当街自杀的线索，但是还需要通过艾文手机中的数据验证线索，获取证据。

那么艾文临死前所说的"童年"，又意味着什么呢？是因为想到了之前的刘哲瀚，还是想到了什么？这个"童年"是艾文用来解读自己的死亡原因，还是暗示其他的内容？

| 第三十五章 | 巨资管理

我们为了对付艾文，追回多多被艾文骗走的2000万，曾经远赴艾文成长的各个城市，特别是在艾文长大的孤儿院，查探到不少艾文青少年时期的隐秘。我们为了寻找艾文内心的崩溃点，还去了艾文十岁之前生活的老工业城。那么对于艾文来说，童年到底是指孤儿院，还是指他十岁之前的生活呢？

我问梁品茹和多多道："艾文获取巨额财富之后，回过他少年时期的家乡城市吗？"

多多仔细回想了一阵子，说道："艾文和我在一起的这一年多时间里，倒是经常出差，可是并没有说过要回他的家乡什么的。我想品茹会更清楚一些。"

梁品茹说道："我知道的艾文的行踪中，他从来没再回过他父母的老家，还有他长大的孤儿院所在的城市。"

我问老周道："老周，你有没有办法查到艾文近三年内的实名出行经历？"

老周说道："我先去问问，毕竟调查这些是违规的。"

章玫问道："甄老师，你为什么要调查艾文这几年的行程呢？"

我解释道："根据梁女士所说，艾文掌管着的公费高达500亿元，他也一定会考虑备份。如果我是艾文，我想做个备份的话，那一定会是我自己能记忆深刻，但是别人轻易想不到的。"

多多说道："从资产管理的角度来说，毕竟我通过继承的手段，已经把艾文名下所有的资产，包括房产、现金等财产都调查清楚，且继承过来，但是完全没有那500亿元的踪迹。也就是说，艾文保管的这500亿元公费，一定不是在艾文名下的不动产，或者存在银行的现金，以及登记在名下的有价证券、基金股票等资产形式。最有可能的是，利用不同的人的名义保管的资产，或者保存在银行保险柜的不记名贵金属。"

梁品茹问道："可是，就算是在银行开保险柜，也是需要实名的，这些东西查不出来吗？"

多多道："在银行开具实名保险柜，通过法律手段也是可以查得出来的，但是需要在继承人知道银行租用的保险柜存在的前提，携带被继承人的死亡证明和继承文件，通过审批，才能请银行打开保险柜，取出保险柜中的物品。如果继承人不清楚这种保险柜的存在，那么单凭银行系统的数据是查询不到的。"

章玫说道："如果这500亿元全部换成黄金的话，大概是1吨。1吨黄金是不可能完全放进保险柜里的。"

老周说道："还有一种可能，那就是这500亿元早已成为海外资产，通过海外注册离岸公司保存，公司的现金资产分头存在若干家瑞士离岸银行里，只需要约定的账号密码还有印章就可以支取提存。那么艾文就只需要租用境内银行保险柜，保存相关的账号密码以及文件印章就可以了。"

我和章玫对老周刮目相看道："没想到啊，你还能知道怎么转移保管这么一大笔财产。"

老周说道："虽然我以前是刑警，但是有时候也会和经侦联合办案，那么多转移财产出去的腐败分子，有不少都是用这种手段将黑钱洗出去控制，还有成立离岸基金会的。这些基金会和离岸公司的注册地，和任何国家都不签署相关法律条约，就是为了避免被调查。所以，一旦这些黑钱被这样转移，我们是没有办法追回来的。但是话说回来，这样的资产保管方式，如果实际控制人被抓被杀，那么一大笔财产将会成为离岸银行的沉淀资产，就再也没有人知道，更何谈取用了。"

梁品茹说道："所以，如果艾文真是用这种方式保管那500亿元公费的话，我们找不到相关文件印章、账号密码的话，这笔钱就再也拿不到了？"

我说道："500亿元资产，又不在自己名下，那么想要管理使用，的确是件非常复杂的事情，就算是换成贵金属、珠宝钻石，也不可能是简单通过银行的保险柜来储藏保管的。那么离岸公司这种方式，的确是最好的管理方式。我想以艾文的聪慧，大概率选择这种方式。

"我们先假定艾文就是选择了这种方式来管理500亿元公费资产，那么他要想给他们的整个组织支付费用，必然也是要方便支取转账才行。那么这个保管相关文件的保险柜，肯定不会太远，必然就在上海市之内。而为了避免被查到，艾文租用保险柜的银行，大概率是外资银行。"

多多说道："是外资银行的话，就有一个麻烦，那就是如果艾文与银行有特殊约定的话，比如说只能通过印章或者密码查询开启的话，那么我们只用艾文的死亡证明之类的东西，是没法打开这个保险柜的。"

梁品茹说道："所以，如果艾文临死前说的'童年'，如果不是暗示他的死亡原因的话，那么一定是暗示他保管公费的重要线索。"

我问梁品茹道："艾文当街自杀的时候，你在什么位置，艾文是否能看到你？"

梁品茹道："其实当时，我就站在人群之中，不过我用丝巾把自己的头脸紧紧地包裹起来，你们都没有注意到罢了。"

我又问道："你乔装打扮的最主要原因，应该是为了避免被多多认出来。可是凭你和艾文的熟悉程度，就算你乔装打扮，艾文也许能认出你来呢？"

梁品茹认真地点头说道："其实当天在老街上，我已经和艾文约好了，我会在老街上接应他，所以他是能认出我来的。"

我又问多多道："多多，你确定艾文是看着你，临死前说出的'童年'这两个字的吗？"

多多把梁品茹提供的那五个视频找出来快速翻看了一遍，又仔细想了想，对我回答道："我仔细回想一下，艾文只是望着我站立的方向，说的那句话。"

我再次和梁品茹确认道："梁品茹女士，你当时在人群的位置，是不是也是同样的方向？"

梁品茹确定道："当时，我站立的位置，其实间隔多多也不过是两个人。从艾文自杀倒地后看过来的视线角度来看，他看向的方向的确也能看到我的。"

老周说道："老甄，你的意思是，艾文临死前，所说的'童年'两个字，可能不是对多多说的，而是对梁品茹说的？"

我摊摊手，说道："假如我是艾文，我在临死弥留之际，如果是对多多说点什么的话，我想我大概率说的是'爱你'；而如果我想留下什么线索的话，那我一定是会对我的合作伙伴说，并不会对我在情感上动心的女人说。'童年'这两个字肯定是要留下线索。这两个字的线索，肯定是为了对同伙传递消息。这个同伙只可能是梁品茹，不可能是多多。"

我话音刚落，梁品茹忍不住给我鼓起掌来，对我说道："精彩，你的逻辑推理真是精彩，我果然没有选错人。居然在这么半天之内，就判断出了艾文临死前说的'童年'这两个字，是说给我的。而且判定了，这两个字，是为了给我传递某种信息。那么这个信息，到底是向我传递他自杀的真实原因，还是向我传递那笔公费的线索呢？"

老周说道："我想知道，一个因为心理被击溃自杀的人，是否会想着让人给他报仇。"

我回答道："一个选择自杀的人，是不会想着让人给他报仇的。如果他想着别人报仇，就不会自杀了。那么艾文临死前所说的'童年'二字，大概率就是500亿元公费的保管线索了。"

| 第三十六章 | 到底何意

章玫努力思索道："'童年'两个字，可以理解成时间，也可以理解为地点。可是我还是理解不了为什么艾文在临死前说的是'童年'这两个字。"

多多说道："一个人在临死前要传递出来的消息，一定是对他来说非常重要的内容，但是又能足够让他希望收到这个消息的人理解的内容。"

我们四个人齐刷刷看向梁品茹，我说道："现在基本上已经可以判断，那就是艾文临死前说的'童年'这两个字，是说给梁品茹的，艾文说的这两个字，一定是认为梁品茹肯定听得懂的。如果是确定梁品茹听得懂，那么一定是你们两个很熟悉的和童年有关的内容。"

梁品茹陷入沉思，呢喃道："我和艾文共同清楚的童年，我们没有共同的童年，只有相似的童年啊。"

我引导梁品茹说道："你们都是在孤儿院长大的，这个童年是不是指孤儿院？"

梁品茹坐在一旁，用手托着下巴，闭上眼睛，长长的睫毛眨动，仔细想了好一阵子，这才说道："我和艾文有着共同点的童年，那就是我的父母也是因为犯罪，我才成了孤儿的。我成为孤儿的时候是十三岁。我爸爸为人老实木讷，不擅赚钱，我妈妈漂亮苗条，追求者众多。事情就坏在了我外婆和我舅舅身上。我舅舅游手好闲，没什么本事，花钱大手大脚，他自己赚不来钱，却把脾气发泄在了我外婆和我妈身上。我外婆对舅舅极为溺爱，舅舅有情绪的时候，外婆就会指责我妈瞎了眼，嫁给了我爸爸，当初没有嫁给另外一个追求她的有钱的离婚老板。我妈妈耳根子软，又封建愚孝，按照现在流行的说法，我妈就是个'扶弟魔'。我妈终于在我姥姥的蛊惑下，和那个离婚老板出轨通奸，这件事对我爸爸的刺激很大。但是我爸爸为了家庭不散，为了我，宁可忍着头顶上的绿帽子，还有街坊邻居的指指点点，还是老老实实地上班赚钱，过着小日子。可是我姥姥却觉得我妈从那个老板那获得的钱财远远不够，不断地劝说我妈和我爸离婚。我妈本来觉得对不住我爸，因此始终拖着不肯。于是我姥姥就带着我舅舅，逼着我妈去和我爸离婚。在谈的时候，我姥姥说了很多难听的话。我爸虽然是老实人，但也难以忍受。我舅舅为了能够让我妈快点和那个老板结婚，还动手打了我爸。我爸一时急了眼，从厨房里拿了西瓜刀，朝着我舅舅就捅了过去。我姥姥平日里就彪悍跋扈，见到自己儿子吃了亏，就冲上去也殴打我爸。我妈为了拉架，也过去想阻止我爸。我爸这个时候已经气红了眼，老实人发起火来，会更加可怕。在四个人的厮打中，我爸失手把我妈、舅舅、姥姥都捅死了。我爸大错铸成，浑身是血地抱着我，哭着说对不起我，让我受苦了，让我好好听奶奶的话，然后就自首去了。

"我奶奶伤心之下，没一年也过世了，我家不多的财产，也都赔偿给了我的大姨。我无奈之下，在街道的安排下，被送进了孤儿院抚养。我被送到孤儿院的时候，已经十四岁了，我是发育得比较早的女孩子，然后就被孤儿院的那个老畜生盯上了，在我十五岁的时候，老畜生强暴了我，还得意扬扬地告诉我，他足足耐着性子等了一年，才在我十五岁生日过了之后强暴我。因为在十四岁之前，是强暴幼女，而我十五岁了，就算我去告他，他也能说是我勾引他的。

"这之后，我和凌蝶被老畜生威胁殴打，反复强暴。但是我们两个也无可奈何。直到后来我们成年了，才算是摆脱了老畜生的控制。"

　　我们静静地听完梁品茹关于童年的回忆，一时沉默下来，我从梁品茹的全部陈述中基本上可以判断，她说的都是真实的。我对梁品茹绑架我女儿彤彤，甚至洗去彤彤的记忆，可以说是恨之入骨。但是对于她青少年时期的悲惨遭遇，却又是极为同情。

　　梁品茹擦了擦眼泪，平缓了一下情绪，对我们说道："艾文的童年，你们都已经调查过了，基本上是属实的。除了他母亲和他的亲生父亲是被毒死的之外，其他的都是真实的。而我的童年遭遇，对艾文反复讲过的，也就是这个经历。那这些经历，和那500亿组织公费的保管路径，又能有什么联系呢？"

　　章玫说道："也许'童年'就是字面的意思。会不会是什么人，那些东西在这个人手里。梁姐姐，你和艾文共同认识的人里，有没有叫'童年'的，或者姓童的。"

　　梁品茹摇头道："我们都认识的人里，肯定没有叫'童年'的，也没有姓童的。"

　　多多猜测道："那会不会是什么时间？这个时间，是你和艾文两个人都很熟悉的时间，这个时间就是一组密码。"

　　梁品茹摇头道："童年对我和艾文来说，要说有什么共同点，那就是我们的童年都是我们的噩梦。对于艾文来说，这个噩梦持续到他进了孤儿院为止，而对我的噩梦来说，进了孤儿院却是进了地狱更下层。"

我们五人绞尽脑汁，反复商量，也没找出"童年"这两个字的奥妙来。最后我说道："'童年'两个字，要么是指向时间，要么是指向地点，要么是指向内容。既然我们从时间上没有找到线索，在内容上也想不出突破口，那就请老周先去查一查，艾文近几年内有没有去过和童年相关的地点了。"

三天之后，老周把调查的结果说给我们："近三年之内，艾文从来没有回过他父母生前所在的城市，还有他长大的孤儿院所在的城市。"

梁品茹对我们说道："这三天来，我把和艾文所有关于童年的内容，都仔仔细细回忆了一番，甚至连我们两个童年时期为数不多的快乐的记忆都仔细地回想，我和艾文童年时最喜欢的玩具都从记忆深处翻了出来。然后我想起一件事情来，前两年的时候，我们获得的财富超过了5亿，艾文和我很是庆祝了一番，艾文在朱家角镇送给我一套老房子，因为那套老房子，和我小时候长大的房子几乎一模一样。后来我们更加忙碌的时候，我就再也没去过那套房子了。"

我们四人都不再废话，而是齐刷刷地等着梁品茹带着我们去朱家角镇那套房子查探。

朱家角镇位于上海市青浦区中南部，紧靠淀山湖风景区。东临西大盈，与环城分界，西濒淀山湖，与大观园风景区隔湖相望，南与沈巷镇为邻，北与江苏省昆山市淀山湖镇接壤，是上海市著名的古镇、旅游名胜。

我们五人驾车沿着高速路，从上海市中心驱车两个多小时，到了朱家角镇。

艾文送给梁品茹的那套老宅子，位于镇北侧，更为靠近昆山，并不在古镇风景区内。这一代的房子还保留着民国，甚至明清风格，古朴别致，很有味道。

我们在镇内七拐八拐，这才来到了那套宅院。宅院不大，是典型的江南民居院落，院内种着一棵枇杷树，在这个季节，枇杷果挂满树，红黄有致，我们人还没有进院，鼻腔中就已经充满熟透了的枇杷果香味道。

|第三十七章| 富人礼物

　　我们驾车开到院门，梁品茹拿出手机，按了两下，院子的大门自动打开了。我们把车开了进去，停在院内。这院子明显已经有一两个月没有人来过了。枇杷树所在的小花坛里，泥土上满是腐烂的落果、杂草。

　　梁品茹打开房门，邀请我们进屋。多多倒是没有什么反应，我、老周、章玫，是因为卷入多多和艾文等人的事件之后，才算是有了超过千万的财富。而且这笔钱烫手，我们刚拿到兜里，还不知道会面对什么风险，因此也没有时间去享受好的生活。在这之前，我们也就是在各种民宿中住来住去。前几天，去了多多秘密购买的别墅，虽然装修也算豪华，但是整体的感觉也就是房子大些，房间宽敞些。我们刚到这套老宅子的院外院内的时候，也并没有感觉这套老宅子有什么出众，可是当我们进入房间之后，却发现宅子内部的装修金碧辉煌，耀人眼目。而且整个房子都是智能配置。从门锁到电器，随着我们五人进入房间，纷纷自动启动起来。

梁品茹从冰箱里取出饮料递给我们，对我们说道："艾文买下这套房子之后，自己设计，然后找来几家装修队装修。我当时还纳闷，他为什么要用不同的装修队做这个工程，而不是委托一家装修公司，整体打包完成。等到这里装修完毕之后，艾文给我展示了这套房子的奥秘，我才搞清楚他的良苦用心。所以，要说艾文要藏什么隐秘的话，那多半是在这里了。这套房子的产权登记在我名下，所以多多通过继承或查艾文名下的不动产等资产时，这套房子是肯定查不到的。但是我也只是猜测艾文会把秘密藏在这里，但是具体怎么藏，藏在哪里，我却没有头绪。"

我们都好奇起来，不知道艾文在这套精心装修的老宅里做了什么布置。章玫忍不住感慨道："富人就是富人，送人礼物都是这样豪华的一套宅院，难怪人都要拼命挣钱呢。"

我们几人都喝了点饮料，缓解干渴。梁品茹带着我们先从客厅开始，登上楼梯，向上爬去，这套老宅子乍看之下，除了内部装修豪华之外，也没有什么不同。可是等我们爬上顶层阁楼，打开老虎窗向外看去，这才发现这套老宅子是位于河边，房子的后窗后墙紧靠朱家角镇中流过的小河。南方的镇内河流可是不同于北方，是真能乘船通行的。

整座老宅内部一共有六间卧室、一间餐厅、一间客厅、阁楼活动间。此外还有地下室。卧室的面积都不是很大，但是每一间都装修得很有格调，能勾起我们"80后"的怀旧情结。这也难怪梁品茹说艾文因为这套宅子与梁品茹少年时的住宅相似，才作为礼物送给她。

梁品茹将我们领进地下室。说是地下室，但其实并不是位于地下。老宅临河，本就高于河堤一层，因此，所谓的地下室，如果在靠河的北墙，就能直接进入小河。梁品茹对我们解释道："这套老宅本来是有对河开放的小门的。当年这座老宅的主人也是镇子上的富人家，为了防土匪抢劫，早就准备了进入小河逃生的密门密道。那座密门打开之后，是直接在河堤内侧，出去就是快船，可以随时逃生的。但是艾文把那座通河水门，在装修的时候已经砌墙封死了，连气窗都没有留，所以这一层看起来如同地下室一样。"

老周问道："那艾文装修这套宅子的时候，是否建造了密室或者隐藏的保险柜之类，毕竟要藏贵重物品或者重要机密的话，藏在密室或者保险柜中，也算正好。而且这套宅子明显不是日常生活之用，那么肯定要防备小偷闯入，要是小偷闯入，找到这些，就得不偿失了。"

梁品茹笑道："周先生真是经验丰富，艾文在这套宅子里，还真是设置了密室。这个密室设计巧妙，不要说无意闯入的小偷，就算是日常生活在这里，也很难找到那间密室。如果艾文只带我走过一次，我自己再来寻找，估计我都没法找到密室。"

章玫说道："这是什么密室，怎么可能走过一次，还可能记不住呢？"

多多说道："我知道，是俗称的'鬼打墙'密室。之所以只走一次不一定能找得到，是因为需要固定的路径——看似无意打开的几组开关，按照特定的顺序打开之后，才能进入。"

老周说道："这么说的话，进入这组密室的路径，本身就是一组密码？"

梁品茹点头说道："难怪艾文对多多如此倾心，多多的确是冰雪聪明，当时艾文给我简单讲过这座密室的原理，我听了之后一头雾水，根本就记不住。我只是知道，这样的密室，不论什么样技能高超的小偷闯入，都不可能无意打开。就算是有心寻找，找到大概方位，也难以找到。就算是找到密室方位，不知道开启次序，也打不开密室。"

老周说道："那梁女士肯定是知道这个密室该怎么进入打开了。是不是这就带我们过去？"

梁品茹摇头道："现在还不行，只能是下午六点整的时候，从门口开始，才能按照路径进入。"

我们纷纷看看时间，是下午五点半钟，还有半个小时。我们离开地下室，走到客厅，静等时间到六点。

我们五人坐在沙发上，都不说话。我也是百思不得其解，要说是空间位置需要特殊的路径才能进入密室，可是为什么还会有时间的要求呢？

眼看还有两分钟到六点，梁品茹最先站起身来，走到门厅的脚垫之上，老周第二个起身，走到梁品茹身后，章玫和多多都看着我的动作。我从沙发上站起来的时候，客厅内的自鸣钟报起时来。

这自鸣钟极为精巧，六点整点报时的时候，钟顶打开，一只精巧的镂空金属孔雀弹了出来，用鸟喙敲打一面小铃铛，叮叮当当的声音传出了"祝你生日快乐"的曲调，当真是童趣盎然。

这时房顶的水晶灯也自动亮起，光线透过镂空的金属孔雀，在距离客厅地垫差不多两步远的地砖上，映出来好看的花纹。梁品茹快走两步，一脚踩在了那块地砖之上。

老周紧随其后，不过老周不敢跟着踩上那块地砖，而是紧跟着梁品茹，等着看下一步情况。

梁品茹刚一踩到那块地砖，整个人挡住了光线，电视背景墙上的射灯也自动打开了，射灯聚焦的光线照向了不远处的古董柜，映射得古董架上的瓷器荧光闪烁。这时射灯转动，其中一道红光照射到古董架停留不动，梁品茹快步跑到古董架前面，挡住光线。古董架无声无息地滑动起来，刚好挡住了楼梯入口。但是露出来的墙面之上，却出现了另外一个楼梯进口。

梁品茹对我们说道："你们快点过来，咱们只有挡住这道光线，才能让这个隐藏的楼梯口露出来。"

我和章玫、多多快步走了过去，梁品茹已经一马当先，先行钻进去。而老周则挡着光线，等我们走过去。我、多多、章玫钻进了这个秘密的楼梯入口之后，老周才快速地闪身进来。他刚一进来，那古董架已经滑了回来，我们进来的楼梯入口，也被楼梯口内的门户缓缓关死。

梁品茹在前门对我们喊道："你们快点过来，那个楼梯也是活动的，人走过去，会自动收起来。"

我们听到梁品茹的喊声，加快脚步，顺着楼梯向下走去，大概下了一层，我们听到了楼梯轧动的声音，我们身后的楼梯居然也无声无息地缩回了墙中。

好在我们前面是个房间入口，看来就是那个密室。我们鱼贯而入，密室门又再一次无声无息地关上了。章玫笑道："品茹姐姐，这座密室，也没有那么复杂啊。我还以为得绕来绕去，七拐八拐，如同迷宫一样呢。”

可是房间里却再也没有了梁品茹的回音，我们这才发现，梁品茹居然不知道什么时候不见了。

第三十八章 居心叵测

我们进了密室，梁品茹却消失不见。老周绕过我们，往前冲去，追到梁品茹消失的方向，停了下来，用手在密室墙壁上敲敲打打。

章玫掏出手机，打算报警求助，却发现手机没有信号："甄老师，你的手机有信号吗？我连手机信号都没有了。"

我和多多都拿出了手机，结果确定是没有信号的，不但没有手机信号，而且还没有Wi-Fi信号，看来这个密室安装了屏蔽涂层。

我们三人在举着手机各种找信号，老周却贴着墙各种拍拍敲敲，试图找出打开密室的机关按钮好能出去。老周寻找了好一阵子，最终放弃，一屁股坐在这间密室的地板上。

这间密室绝对是个陷阱，因为密室中什么家具都没有。

整个房间长5米，宽2米。地面是地板装，墙壁是壁纸，房顶有一盏吸顶灯，与其说这是个房间，不如说这是个走廊。可就是这间走廊，却把我们四个人活活地困在这里了。这个10平方米的狭小空间内，没有任何金属工具、金属家具，甚至金属管道都没有，我们想就地取材获取工具，都不可能得到。老周使劲地敲了敲四面所有的墙壁，又用脚使劲跺了跺地板，沮丧地对我们说道："墙壁是整套宅子翻修的时候，夹了钢筋，然后浇筑了混凝土。地板用的也是混凝土整体板，用普通的铁锹都不可能挖得动，得用重型机械或者炸药。两边的门户是钢板，我估摸得有5厘米厚。咱们现在被困在这里，手无寸铁，无法联络，根本不可能出得去。"

多多说道："而且这里没有食物饮水，连洗手间都没有。梁品茹什么都不用坐，只要一周不理咱们，咱们就可以活活饿死了。"

章玫双手抱住自己的肩膀，恐惧地说道："也许在咱们饿死之前，会互相残杀。甄老师，你不用杀我，我自己主动让你吃好不好？"

她脑回路时不时会令我吃惊，我回答道："不知道老周是不是会随身携带把瑞士军刀，我身上是什么铁器都没有啊，就算是吃人肉，也只能用牙咬了。"

多多说道："老甄、玫子，你们俩不要在坟地讲鬼故事好不好？咱们还是想想办法，怎么能出去，不然的话，真的要困死在这里了。"

老周摇摇头道："我随身携带的工具都在外套口袋里，刚才进了这套房子里，我觉得闷热，就把外套脱在了客厅沙发上。"

章玫说道："甄老师、周叔叔，你们说梁品茹为什么把咱们带到这里才对付咱们啊？按理说，在那座海岛上，咱们就已经被她抓住了，她要是想要咱们的命，在那座海岛上，把咱们打晕了，直接捆上石头扔海里喂鲨鱼不好吗？干吗还要假装和咱们合作，然后把咱们骗到这里来，困住呢？"

多多也赞同道："玫子说得对，梁品茹干吗不在海岛上对我们下手，而是绕这么大圈子，要把咱们骗到这里来呢？而且找到艾文保管的那笔巨款的最重要的线索，在海岛上的时候，我也已经告诉她了。"

老周说道："她需要我们帮她破案。破案是不可能只凭在会议室里核对线索和情报就做得到的，必然要去现场反复调查，核对线索和证据。这种工作非老甄这种精通心理的逻辑鬼才，或者我这种干了多年的老侦探不可，一般人是做不到的。一般人太容易知难而退，或者给自己找个现象中的答案就结束了。所以梁品茹假意和咱们合作最大的动机，就是利用咱们来破案，主要是利用老甄和我，还有多多掌握的艾文的各种线索和资料。"

章玫忍不住骂道:"这人真不是东西。我一开始还以为她能合作呢!"

多多道:"我倒是没有完全相信她,可是我总认为她好歹会等把艾文藏起来的那笔巨款找到,才会有动作的。我本来还和老甄悄悄商量该怎么防备梁品茹卸磨杀驴呢,但是真没想到,她会突然在这个时候发难,把咱们困在这里,也许是把咱们困死在这里。"

章玫叹气道:"这样被活活困死,还不如痛快地死,等死的滋味太恐怖了。"章玫突然大喊道:"梁品茹,你这只母狗,干脆给我们来个痛快!"

我对章玫说道:"你还是别喊了,节省点体力。要是我猜得不错,她之所以这么布置,是因为她还不能完全判断自己能否找到那笔公款。"

老周说道:"是的,梁品茹肯定掌握着咱们不知道的线索,所以当她确定艾文临死前那句'童年'是说给她的话,那么她实际上已经想到'童年'的真正含义了,只不过她故意欺骗咱们,把咱们引到这里。至于要把咱们困住,而不是直接干掉咱们,那么原因就是,她只是猜测自己有了答案,但是并不能完全确定。毕竟找出这个线索,也是老甄整理了艾文在现场的线索推断出来的。但是梁品茹又不可能让咱们真正接触到那笔巨款，所以她选择把咱们先困在这里，等把咱们困个半死，如果她找到了，就很有可能把咱们活活困死；如果她没找到，就可以让咱们在这里给她提供推理分析。而她只需要给咱们一点食物或者一点水。"

章玫说道："这算盘打得真精明。那咱们该怎么办呢？"

我对章玫嘘了一声，让大家凑过来，拿出手机，在手机上输入一句话："不要说话商量正事，要是梁品茹在这里安装了窃听设备，我们就是透明的了。用手机蓝牙建立连接，咱们用手机来商量。不过要先保持手机电量，真有思路了，再商量。"

摆弄手机和电脑，建立蓝牙网络这种技术工作，章玫十分擅长，很快，章玫就用我们的手机建立起了一个蓝牙通讯聊天组。

我说道："老周，你说那笔巨款会在哪里？"

老周回答道："我想，我推测关于那笔巨款的保管方式是对的。艾文所需要保存的，就只是那笔巨款的文件资料、密匙U盾，或者账号密码了。那么梁品茹需要找到的，也是这些东西。这样的东西，只需要一个小小的保险柜，甚至一个藏起来的抽屉，或者一个行李箱都可以藏起来。我能确定的是这个东西肯定离这里不会太远。"

多多问老周道："为什么肯定是在这附近？"

我说道："因为只有在这附近，才有把咱们困在这里的必要。不然的话，没必要绕这么大圈子把咱们引到这里来。"

章玫说道："为什么不能是这里最适合把咱们困住呢？"

老周说道："梁品茹不是自己单打独斗，虽然只是她单独和咱们在一起去破案，可是背后到底有多少手下跟着我们，我们都很难知道。她想把咱们几个控制住，不管是用纯粹的暴力袭击，还是用下药的形式，都很容易做到。她之所以把咱们引到这里来控制，那说明，她对跟着她的手下，也不能完全信任，毕竟那一大笔钱，任何人都有可能觊觎，所以她要想找到那笔钱，并且取出来，只能单独行动。"

我们的话刚说完，就听到梁品茹的声音从密室的吸顶灯处传了过来："老甄、老周，你们两个真是厉害，居然能猜到这些。没错，那东西，就在这座老宅里。"

|第三十九章| 意外惊变

　　梁品茹娇媚的声音从天花板上的吸顶灯内传了出来："我找到艾文藏那些材料的保险柜了，但是并没有猜对密码。我还有两次机会，要是密码错了，保险柜内就会释放强酸，腐蚀掉所有的东西。"

　　老周对我们晃了晃手机，我们拿出手机，老周果然用蓝牙连接发了消息过来："那个吸顶灯里有监控，既然安装了音响，那么也一定有收音功能，咱们商量事用手机。老甄，你出面稳住她，只要她能开门，我就立刻出去控制住她。"

　　我回复道："好。"

　　章玫写道："无论如何也不能相信这个贱人了。"

　　我抬起头，对着吸顶灯说道："梁品茹女士，我们相信你，才全心全意和你做交易，你何必设这样一个圈套给我们呢？你要是想害死我们的话，干吗这么费事呢？"

梁品茹尖锐的笑声透过吸顶灯的扩音器传过来，在这间空荡荡的密室中，听起来格外刺耳："哈哈哈哈，我最心爱的艾文，甄先生，要说让你去死，我还真有点舍不得呢。在你们四个人之中，有一个人是杀死艾文的主谋，这个主谋是谁，我在和你们四个人朝夕相处的这几天里，却还是找不出来，所以我只好把你们先关起来，然后让你们帮我找出到底是谁杀了艾文。"

梁品茹此话一出，我、章玫、多多、老周都不由自主地互相看了看，艾文当天死在老街上，到目前为止仍然还是个谜。这个谜底，我以为再也解不开了，甚至我一度认为梁品茹对艾文财富的欲望远远超过查到艾文死亡真相的欲望。要说让艾文出事，这是我们四个人一起商量的结果，要让艾文死亡的动机，我们四个人多少都有一点，因为艾文太强大，太可怕，我们通过正当的法律手段，完全对他无可奈何，而且艾文已经对我们进行死亡攻击了。

我对着吸顶灯说道："当时在老街上，我们本来就已经计划好了对付艾文，虽然我们对付艾文的手段从一开始就被艾文破解了，但是要从动机来说，我们四个人都有对付艾文的动机，本就打算以彼之道，还施彼身，也要通过心理攻击让他崩溃，就算不能让艾文死亡，也至少让他无力对付我们。可是你说我们之中有一个人真正杀死了艾文，这我真就不太理解了。"

我说完之后，同时给其他三人使了个眼色，老周、多多、章玫都默契地转过身去，背对吸顶灯，避免被梁品茹从吸顶灯中的监控看到我们太多。

梁品茹道："我当然知道你们四个结成一伙对付艾文，但是老甄，你还记得当初问过我的问题吗？那就是我怎么知道你们所有的行动的？"

这个问题始终在我内心深处如同一团阴影，锁在我的心头。我们的行动几乎全部被梁品茹和艾文提前知道，包括艾文死了之后，我们上岛营救彤彤，居然在最后，老周联系雇用的"拯救者"小队，成为梁品茹的手下，反而控制了我们。

这一切事情都只有我们四人知道，梁品茹要想知道所有的内容，要么就是通过我们不知道的什么设备，对我们进行了窃听监控，要么就是我们四人之中有人向梁品茹提供消息。如果说是梁品茹给我们用了窃听设备，这些窃听设备就只能是偷偷设计到多多身上。可是在多多和我们最早联系的时候，老周就已经用专门的设备对多多所有的随身物品，包括内衣都做了检测；章玫也对多多的身体进行了检测，避免多多在和艾文共同生活的过程中，艾文悄悄地在多多体内植入带有窃听和定位功能的人体芯片。所以，高科技设备泄密的情况，我们已经可以排除了。那么就只剩下了一种可能，那就是我们四个人里有内奸。多多出面付费邀请我们帮她对付艾文，讨回自己被艾文骗走的2000万，没道理自己出卖自己。

章玫已经跟随我一年多，和我共同工作生活，人品是经得住考验的，而且她明显对我有情，不可能为了些许利益出卖我，然后将我置于几乎意外死亡的险地。

老周暗恋多多，也不可能出卖情报，让多多出事。而且在我们四人驾车去别墅民宿的时候，老周也是第一个被艾文攻击的人，那次车祸，险些让我们四人都命丧立交桥。

至于我自己，讲真的，我还真是连自己也放在了排除项来仔细认真地怀疑过。我们四人都没有分开过，就算我是说梦话泄露秘密，那能听到我梦话的也只能是老周，在房间紧张的时候，我也就和老周同处一室过。

我把我们四个人都反复思量过，最后认为，要是说有可能泄密的人，就只可能是章玫和老周。理由很明显，联系"拯救者"小队的就是老周和章玫，具体接触"拯救者"小队的人也是老周和章玫，那么"拯救者"小队整体反水，这期间到底是因为老周找错了人，还是"拯救者"小队本身就是梁品茹组织的同伙？还是因为秘密泄露，"拯救者"小队被梁品茹用重金策反？我没法判断，甚至我都没来得及去验证调查，我们就已经被梁品茹控制住了，随后就是梁品茹和我们谈合作。既然已经能进入到合作环节了，而且我还想着可以通过合作尽快从梁品茹手里把彤彤交换回来，在彤彤绝对安全之后，我再整理思绪，对付梁品茹。现在梁品茹提出了这个问题，就如同一道闪电在我的脑海里亮了一下：那个内奸到底是谁？既然他（她）是出卖我们透漏消息给梁品茹的人，那么为什么他（她）也被梁品茹一并关在了这间密室里？

我的眼睛忍不住瞥向老周和章玫，老周半扭过身体，侧着耳朵听着吸顶灯内传出来的梁品茹的话。章玫则靠着墙蹲在地上，低着头在手机上飞快地打字，她把长长的头发散下来，遮挡住手机。

我又稍微偏了下头，用余光观察多多，多多完全没动，就是认真听着我和梁品茹的对话。

我稍作思量，对梁品茹刚才说的话回应道："我们之中，有人告诉你的。"

梁品茹继续笑道："老甄就是老甄，你也早就想到了是不是？你只不过想悄悄地找出来是不是？你和我合作的本身，也有这个考虑的，是不是？"

我对梁品茹不屑一顾地笑了笑，说道："你想错了，我的所有目的都是救出我的女儿彤彤。老周、章玫、多多他们都是我的朋友，就算他们之中有人出卖了我们，我想也是因为难言的苦衷，我并不想知道到底是谁，我本来只是想通过和你合作，能够换回我的女儿彤彤。并不是所有人都那么在乎背叛和欺骗，但是你这么在乎，我能理解。"

梁品茹一下子激动起来，声音都尖锐了："你凭什么说你能理解我，你从没经历过我所经历和面对的无边黑暗，你凭什么说你能理解我？大名鼎鼎的老甄难道不知道，什么叫作不知别人苦，不劝他人善吗？"

我对梁品茹说道："我理解你，是因为我理解你为什么会这么在乎背叛，也知道你想要利用我面对背叛的反应来击垮我。"

梁品茹鄙夷地问我道："那你说说，我为什么会这么在乎背叛呢？"

我微微一笑，说道："在乎背叛的人，只有两种：被自己最信任的人背叛过的人；自己背叛过最信任自己的人的人。我想这两点你都体会过了。所以，你会对背叛那么在乎。可是我不会在乎，因为我知道背叛都有不得已的苦衷。"

梁品茹哈哈笑道："这种教科书式的回答，你认为能打动我吗？那你说说，我背叛了哪个最信任我的人呢？"

我也嘿嘿一笑，一字一顿地回答道："你背叛的那个最为信任你的人，叫作梁！品！茹！"

第四十章 | 当年真相

　　我的话音刚落，梁品茹突然间沉默了好一阵子之后，声音才传了出来："这么多年来，我以为我已经是梁品茹了，但是我内心深处却一直有个声音提醒着我，我不是她，我也成为不了她。我几乎每个夜晚都会梦见她。梦见她问我为什么？这么多年死在我和艾文手里的人，十几二十个肯定是有的。但是唯独她，是我醒不过来的噩梦。"

　　我说道："因为在你十八岁的时候遇到的梁品茹，你们本来也是真心相好，互相信任的。可是你却在一念之差中，把她推到了飞驰的车轮底下。"

　　梁品茹惊诧道："老甄，你真是个魔鬼！如果你加入我们，估计没多久我们就能掌控数量惊人的财富了。我们可以接管所有的孤儿院，把那些因为各种原因没有父母的孩子都训练成强大可怕的战士。"

我说道："我是不是魔鬼并不重要，重要的是，你是个真正的魔鬼。你当年是怎么面对梁品茹临死前看向你的难以置信的眼神的？而且你还能用她的身份在阳光下生活？你才是个魔鬼！真正的魔鬼！心如蛇蝎的魔鬼！"

梁品茹的尖啸声刺刺啦啦地从吸顶灯的音箱中传了过来："谁生下来不想当天使的，但是又是谁把我变成魔鬼的？是命运吗？是我注定要遇到那些浑蛋吗？"

我回答道："所以佛说，深陷污泥，洁白不染。命运不堪，所遇非人，古今中外，有无数的人遇到，但是不同的人遇到了，他们的取舍选择却完全不一样。"

梁品茹凄然道："按照这个逻辑，那个老畜生强暴我的时候，我是不是还应该笑脸相迎，既然不能反抗强奸，就去享受它？或者我主动多换几个姿势，来让他更高兴。我也不该烧死他，我甚至应该去给他养老？"

我回应道："有仇报仇，但是你不该伤害无辜。就算那个老畜生在你面前被活生生地烧死，他在火中翻滚、哀号，他的皮肉先是被烧得嗞嗞响，随后他身体的脂肪开始燃烧，他如同烧化的蜡烛一样，瘫倒在地板上烧成焦炭。那焦炭用棍子一敲，就能敲个粉碎。就算你目睹了这一切，你也不会有任何愧疚，有任何难过，相反，你还会有着兴奋和快乐。"

梁品茹咬牙切齿地说道："是的，没错，我恨不得把他身上的肉一块块割下来，让他活活疼死。如果是烧死的话，我希望他受点天灯酷刑而死，从脚开始燃烧，把半个人都烧化了，还能清醒着受到煎熬。老畜生的死，我唯一后悔的事情就是，我们当初还是年岁太小，胆子太小，我为什么先勒死他再放火，而不是把他捆起来活活烧死。"

我说道："为什么老畜生的惨死让你没有任何噩梦？为什么梁品茹的车祸死亡让你噩梦连连？让你有反应的并不是别人，而是你的爱恨情绪。你和艾文都是心理学高手，很明白怎抓住别人的内心崩溃点，来击溃这个人，在极端的情况下，甚至能让这个人因为愧疚而自杀，那么人为什么会崩溃呢？"

梁品茹道："因为沮丧，因为绝望，因为愧疚，每个人的崩溃点都有所不同。老甄，你的崩溃点又是什么呢？我以为你的崩溃点，会来自你的童年，会是你的女儿，会是你的情感。但是这一切都没有打败你。"

我正色道："你没听过什么叫不做亏心事，不怕鬼敲门吗？我之所以没有被你这些东西击溃，是因为我没有愧疚，我也没有恐惧，也没有沮丧。我有的是面对，是愤怒，是抗争。"

梁品茹道："老甄，你自我洗脑的本领可真高强，那件事一直藏在你的记忆深处，你把它封闭了。你想不起来了，你是真的想不起来了。我也试图把梁品茹忘掉，我也曾去过她长大的城市，但是我做不到。老甄，你告诉我，你是怎么把内心深处的愧疚封闭的？"

我没有回应梁品茹的问题，而是紧抓着梁品茹无法面对的问题说道："你内心深处对梁品茹的愧疚，让你灵魂难安。除了这点之外，还有你不能面对的真正的自己。告诉我，你还能想起来你真实的名字吗？"

梁品茹啜泣了起来，说道："我应该叫楚红。可是这个名字是肮脏的，是不堪的，我要忘记它。我是梁品茹，我就是梁品茹。楚红已经因交通意外死掉了。"

我说道："楚红和梁品茹，还有凌蝶，三个女孩子有说有笑地在繁华的街市逛街，虽然生活拮据，也没什么钱，但是青春洋溢，很容易快乐。三个女孩子稚嫩的友谊，一起喝奶茶，一起试衣服，一起讨论着喜欢的男明星或者男孩子。甚至因为三个女孩子身材相仿，都可以互相换衣服穿，形影不离，相依为命。曾经那么要好的三个人，却因为楚红的贪念，造成了惨剧，也造成了她十几年的噩梦。"

梁品茹说道："是的！是的！在那条街上，是我突然间把她推了出去，一辆飞驰的车撞到了她，砰的一声，她被撞得飞了起来，过了好几秒钟，才摔落在地上。然后她望着我，嘴角颤动，虽然距离远我听不见，但是我能读懂她的话：'为什么？'"我已经感觉到了她的崩溃，我继续说道："谁都会犯错误，谁都可以被原谅，我能帮你。"

梁品茹道："帮帮我，帮帮我。老甄，你出来，你来帮我，就如同凌蝶一样，为了帮我，她去对那个老畜生赔笑。"

我说道："凌蝶也是你，凌蝶根本就不存在，那是你在面对巨大痛苦的时候创造出来的闺密。被老畜生凌辱的女孩子，只有一个，就是你；杀死老畜生的人，也只有一个，只是你；在火车上偶遇梁品茹的人，也只是你；逛街的只有两个女孩子，两个长相相似的女孩子，就只是你和梁品茹。"

梁品茹尖叫道："你为什么要戳破这些，你又怎么知道这些？你把我心中最后的支柱拿走了。你出来，你出来，你来陪我。不然你也会失去你最爱的人！"

我柔声说道："你打开门，我来帮你！我能帮你！"

梁品茹平复了下情绪，对我说道："你走到前门，其他人不要动，只有你能出来。只要其他人动了，我就再也不开门了，活活把你们都困死在这里。"

老周、章玫、多多都看着我，章玫在眼神中对我表达："甄老师，要小心。"多多则是："千万别再相信这个女人！"老周则还比画了个拳头："想办法把我也放出去。"

我一步一步走到梁品茹消失的那面墙边，一扇门缓缓地滑开，露出了通道。我正要走出去，却突然被老周猛地一下推到一边，他飞快地跳了出去，就在这时，那扇门猛地关上了。

我一时没有反应过来，看着又恢复成墙壁的那扇门不知所措。章玫和多多也快步走到我身边，章玫拿着手机对我问道："甄老师，周叔叔跑出去，是你们俩商量好的吗？"

我摇摇头，提高声音，既是说给章玫、多多听，也是说给梁品茹道："这不是我们商量好的，这不是我们故意的。"

梁品茹传来狡诈的声音："我是故意的！"

|第四十一章| 内奸浮现

梁品茹话音刚落，我们进来的隐形门啪嗒一声，从外面打开了。我、章玫、多多从隐形门走出去，见到被水晶灯照亮的如同白昼一样的客厅，仿佛重新回到了人间一样。

梁品茹坐在沙发上，一条纤细的腿搭在另一条腿上，白得晃眼。梁品茹手里拿着一个小小的麦克风，见到我们进来，把麦克风放下，拿起遥控器，打开了客厅内将近90寸的电视机。

梁品茹站起身来，眼角还带着泪花，伸出那只白得如玉一样的小手，握住我的手道："甄先生，合作愉快。"

我握住梁品茹小手的三分之一，对梁品茹说道："我最关心的事情，你可以兑现承诺了吧？"

梁品茹对我说道："当然可以，我已经派人把彤彤送回她妈妈那里了，大概一天后，你就能收到你前妻的回音了。"梁品茹说完，给我看了看手机中彤彤牵着老师的手，被送上游艇的视频。视频中，彤彤笑靥如花，对我开心地说道："爸爸，我假装失忆，演得像吧？我是不是可以做个小演员，嘿嘿。"彤彤才十岁，以身涉险，居然还能如此乐观，也算让我欣慰。

多多和章玫也凑到我的身后，看到了彤彤发过来的视频。章玫对我说道："甄老师，彤彤失忆是装的？是在演戏？你连我都瞒着？"

多多则不做评论，只是说道："刚才在那个狭小的空间又累又渴，我先喝点东西，你们都喝什么？我顺便拿过来。"

梁品茹用遥控器对着电视按了几下，电视屏幕上显示出了另外一间相似的密室，密室中老周正在用手不断地摸来摸去，似乎想找到出路。

多多自行去冰箱内拿来几瓶"依云"矿泉水。

我、梁品茹、章玫已经坐在了沙发上。章玫见到多多抱着几瓶矿泉水，走路都不稳了，忙起身过去，帮多多分担了一半，放在了茶几上。

我刚才与梁品茹说了半天话，说得嗓子都冒烟了，我先自行拿起一瓶水，拧开之后，对着嘴咕咚咕咚几口喝了下去。章玫、多多也各自拿起一瓶水，拧开喝了起来。

章玫喝了小半瓶水，这才开口问道："甄老师，这到底是怎么回事，怎么周叔叔被困住了？你和梁品茹到底合作的是什么？"

我对章玫摆了摆手，对梁品茹说道："不管怎样，老周也是我多年老友，我并不想你真的伤害他。他自己犯下的事情，应该交给警方处理。"

梁品茹对我说道："我刚才听了你说的话，认真想了想，如果老周杀死艾文是有足够的理由，那就由你的说法，一切交给法律。但是如果没有，那你和我完成交易就好了，其他的事情就和你没关系了。"

多多听到梁品茹说的这句话，这才不再镇定，花容失色道："艾文是被老周杀死的？可是当时，我们都在忙着拦着老周殴打老甄啊。他怎么可能杀死艾文？再说，正如刚才老甄所说，我们四个人当时设局，就是为了让艾文也心理崩溃，那老周又干吗自己独自杀死艾文？"

章玫也附和道："是啊，甄老师，当时我们四个都想对付艾文。周叔叔完全没必要把你打晕后，再去单独对付艾文。"

梁品茹说道："这个答案，我想只有老周能告诉我们了。但是我可以这么说，老周并没有你们认识的那么简单。"

章玫奇怪地问我道："甄老师，你和梁品茹到底达成了什么交易？为什么连我都瞒着呢？"

我对章玫说道："这件事还是要从老街上艾文当街自杀说起。"

多多说道："当天因为老甄受伤，艾文已死，我的麻烦也算解决。而且我贪心起来，忙着回去继承艾文名下的财产，所以也没顾得上回想。其实后来想想，有一点的确很奇怪，那就是艾文怎么知道我们会出现在那条老街，并且开始布置了对付我们的场景的？毕竟，在老街现场，老周的攻击实在是凶险得很，要不是章玫妹子舍身护住老甄，老甄还真有可能非死即残。"

章玫说道："多多姐姐，你的意思是，我们四个人之中的确有内鬼？这个内鬼就是周叔叔？可是为什么呢？他为什么这么做呢？"

我说道："这是个很难以置信的故事，但是却很神奇，不过要确定是不是老周，我还需要李强的调查结果。"

章玫说道："李强，就是那个公安部门的大领导，甄老师，你是什么时候联系李强的？"

我微笑不语，对章玫说道："这个故事，还是请梁品茹从头讲起吧，至于我什么时候联系的李强，等她讲到那个阶段，我再接着讲吧。"

章玫说道："那周叔叔呢，就把他先关在密室里？他会不会饿死？"

梁品茹笑道："章玫小妹子真是个善良的姑娘，老甄你可是福气不浅。这女子啊，最难得的就是天性善良，可惜我再也做不到了。章玫小妹子放心，这套宅子里的所有密室都是智能控制的，而且有食物和饮水的投放口，我先给老周投放几瓶水过去，然后按照老甄的要求，把整个故事先讲述起来。"

梁品茹说完，拿出手机点了两下，我们在电视机上看到，老周被困住的密室的一堵墙角，开了个小洞，随后两瓶矿泉水掉落了下来。

老周对着密室的上空比了个大大的中指，随后拿起矿泉水，拧开后咕咚咚喝了起来。

梁品茹自己也抿了口水，双眼看着窗外的枇杷树，从回忆中讲述起来："人这一生，是不是由命运决定的呢？也许是，也许不是。我们往前看去，好像有许多选择，但是其实往回看去，只有那一种选择，或者说没得选择。

"我的出生就带着原罪，这个罪虽然不是我造的，但却是我的生身父母造的。所以我十几岁就只能被送到孤儿院了，孤儿院中的愁苦哀伤，我就不再回顾了，因为那几年的经历，让我自己在自己的脑海中，造出了凌蝶，好让受苦的不是楚红，而是一个爱她的、替她去受罪的好姐妹凌蝶。在我被老畜生侮辱的时候，我幻想自己是凌蝶，才能让自己好过一些，终于让我度过了那段难熬的时光。直到老畜生死了，我逃离孤儿院后，也是幻想凌蝶陪着我，好让自己不那么孤独无助，直到我在火车上偶遇了梁品茹，我才感觉没那么孤单了。

"自从我成了梁品茹之后，楚红不仅在法律上，还是现实世界中都已经不存在了。凌蝶被我当成了真正存在的闺密一样，我甚至还自己申请了专门的凌蝶的微信号，在我有什么不能诉说的内心苦闷的时候，说给凌蝶听。

"我从没和人说起过凌蝶的太多内容，连我自己都认为凌蝶是我真正的闺密了。要不是老甄一语戳破，我自己都已经快恍惚起来，凌蝶居然是我自己为了逃避痛苦而分裂出来的一个副人格了。所以说老甄还真是厉害。

"不管是楚红也好，凌蝶也好，我都已经不想再面对，我很喜欢'梁品茹'这个身份，所以这个经历就过去吧，我以后再也不愿回忆了。我就是梁品茹，我要用'梁品茹'这个身份幸福快乐地活下去。可是我要快乐地活下去，就绕不过我在大学毕业那年参加的组织了。"

|第四十二章| 暗网组织

"这个组织是我在暗网上找到的，名字叫作'Punisher'，我们称作'天罚者'。'Punisher'的组织宗旨是惩罚那些道貌岸然的伪君子，夺取他们的财富，杀死他们的生命。这样的恶棍，既然上天没有惩罚他们，那么我们就替代上天去惩罚他们，而杀死这些为富不仁的人，我们还可以获得巨大财富，何乐而不为呢。'Punisher'的行动手段，则是利用心理学方面的技巧手法，引诱这些人自己自杀，或者出现意外。这样我们就可以有效逃脱法律制裁。

"我和艾文在对付曹洁一家的时候，已经用过这样的手段了，但是我们也担心自己力量单薄，所以当我们在暗网上看到'Punisher'组织招募成员的时候，就决定加入这个组织了。

"组织内的所有成员，都用化名打交道。而且'Punisher'组织采用了严密的组织方式，那就是它区分严格的上下级制度，上级知道下级的更多资料。但是同级之间，互相不认识。在同一个任务中，我们甚至都不知道在猎物身边出现的人是不是我们的同伙。但是这种完成猎杀任务的感觉，也很有趣，就是你永远不知道你面对的到底是你的朋友还是你的敌人。

　　"我们加入组织之后，因为我和艾文都形象较好，所以我们两个的任务经常是出面做'引诱者'，在获得了猎物的信任之后，通过各种手段，引诱他（她）们将财产转移给我们，在我们得手之后，另外有人让猎物意外死亡，或者引诱猎物自杀。如果猎物发现了端倪，'Punisher'组织甚至会提前制造猎物的死亡，然后由我和艾文想办法通过继承获得财富。这也是我曾经怀疑多多也是'Punisher'组织成员的原因，因为她也成功地通过继承将艾文的个人财富拿走了。"

　　多多插话说道："所以，你才对老甄说我是你们精心培养出来的姐妹，要是老甄找不到我，拿不回那笔钱，她们就会把老甄女儿也培养成这样的'引诱者'。"

　　梁品茹点点头，回答道："是的，就是这样。不过我到现在为止，也没法完全判断你到底是不是'Punisher'组织的成员。但是很快我就能验证了。因为'Punisher'组织的全部成员的资料也都在那个特殊的保管渠道里。那500亿元是不存在的，但是更为关键的全部成员的资料却是存在的。

"我们加入'Punisher'组织之后，没有几年，我和艾文就给组织猎取了不少财富，也给我们自己赚取了我们做其他任何行业都不可能获得的巨大财富。艾文也因为更善于经营和上级的关系，所以甚至受到了'Punisher'组织首领的青睐，成为组织资料和公费放置的人员之一。艾文曾经告诉过我，他和组织内的另外两个人分别掌握资料和公费，艾文掌握地点，另外两个人分别掌握保险柜密码和瑞士银行账户密码。这样对于首领来说，是最为安全的。对于其他人来说，也能足够相信首领不会把所有公费都独吞。这种掌管方式，本来对于整个'Punisher'组织来说，是大家都会认为安全的方式。但是半年之前，掌管保险柜密码的成员突然死了。他在临死之前，告诉了艾文保险柜密码。

"艾文当时也很吃惊，因为那名绰号叫作'劳力士'的成员，和艾文本来就并不认识，但是'劳力士'级别比艾文高，所以他知道艾文的资料。'劳力士'临死前联系艾文，我们才知道，他居然是我们一个猎物的私人医生，而且我和'劳力士'还蛮熟，他还给我开过减肥汤。

"'劳力士'给艾文留下的是一封E-mail，在邮件中，'劳力士'似乎早就知道自己会被首领害死，所以提前准备好了这封邮件。那封邮件我看到过，开篇第一句话就是，也许'我们这个组织的人，早晚都会如同我们的猎物一样，猝不及防地意外死亡，或者自杀。但是如果我死了，那么一定是首领杀死了我，他能杀死我，也会杀死我们所有人，毕竟不管怎么说，我们所有人赚来的钱，也都是沾满了鲜血的黑钱。并且只要我们这些人都活着，首领就不可能拿着这笔钱把自己漂白的，所以我们必然都得死。更为可怕的事情是，首领掌握着我们所有人的资料，而我们却对他的真实身份一无所知，他只要拿到组织的那笔巨款，将我们所有成员的资料曝光出去，那他甚至都不需要亲自动手，就可以利用警方的力量将我们一网打尽了。而他为了拿到所有的公款和组织成员的资料，就一定会将资料的保管人杀死的。保管资料地址的人是你，保管密码的人是首领自己，当初这个账户是我设立的，密码是他设立的。他也一定会有办法从我这里拿到保险柜密码的……'但是那封信里没有保险柜密码的消息。

"艾文之所以要对多多身边要调查他的朋友痛下杀手，是因为他担心多多是组织首领派过来对付自己的，虽然艾文经过多种试探，确认多多没有表现出来组织内部成员的心理能力，但是并不能完全确保她身边的人是否是组织派过来对付自己的人。所以多多委托调查艾文的人，都被艾文先下手为强，清理掉了，包括你们，从多多请你们开始，艾文就已经打算对你们下手了。但是没想到的是，你们不但数次死里逃生，而且还能把艾文的底细都调查了出来。

"我和艾文正在担心之时，却收到了一个神秘人的消息。神秘人是通过一个死人申请的手机号给我们发的消息。在神秘人传过来的消息中，详细地告诉了我们你们已经在艾文亲生父母所在的城市，对艾文的所有根底都要调查了。也正是因为这个神秘人的消息，我和艾文才及时赶到小城，不但给老甄设下了陷阱，还提前给知情人王云老奶奶进行了意识植入，让王云成功地误导了你们。

"随后，当你们决定在老街对艾文动手的时候，艾文也做了一箭双雕的设计。你们在小城调查艾文的时候，我和艾文也在附近仔细观察着你们。老周对多多表现出来的暧昧，多多对老甄若隐若现的爱慕，我们都看在了眼里。所以艾文决定利用这点，设计了三角恋的冲突，为了一举成功，还设计了逐步刺激法，唤起老周内心深处的嫉妒怒火。在最后的场景中，通过暴力冲突的直接引诱，促使老周攻击老甄。

"而我想趁此机会，把多多一举除掉，可是在这一点上，艾文却和我发生了严重的冲突和争吵。而且艾文告诉我首领可能会对付我们的时候，我们也异常紧张。所以我对艾文进行最后通牒，如果他不趁机杀死多多的话，我就去向警方举报他。其实我的算盘是，艾文进入看守所，可能就安全了，等首领要害我们的危机解除之后，到时候我再通过毁掉关键证据的方式，将艾文保出来。

"艾文着急去老街，要是他那些安排都没起作用，他就自己动手，再做安排。我担心艾文的安全，所以在艾文离开之后，去洗手间改变了装扮，也去老街，好给艾文一个照应。

"我在艾文身后不远不近地跟着，随后就看到了老周当街殴打老甄的场景。按照我和艾文最初设计的方案中，老周和老甄会厮打一段时间，随后艾文再通过更强的刺激，让老周对老甄痛下杀手。只要老周把老甄杀了，那么我们随即报警，老周被警方控制，剩下的多多和章玫也必然难以扯脱干系，被警方带走调查。"

|第四十三章| 来龙去脉

梁品茹继续道："多多要对付艾文的危机就彻底解除了，随后我和艾文如果没法对付首领的话，还可以选择带着艾文手头的10亿元，以及我手头的资金，更名换姓，远走高飞。反正对于我来说，只要能和艾文在一起，什么日子就都是甜的了。

"但是我没想到的是，老甄那么不禁揍，居然被老周一脚踢晕了过去。这个时候章玫和多多也已经反应过来，拼命去阻止老周了。而艾文却突然间当场自杀了。

"而令艾文当场自杀的原因，经过这几天老甄的努力，也找了出来。那就是有人利用艾文对面的钟表店玻璃的反光，对艾文进行了心理影响，一举击溃了他。让他在没有防备的时候，因为内心崩溃而当街自杀。不过艾文在彻底断气之前，留下了线索。我在现场的时候，一直盯着艾文有没有对多多动手，当我看到艾文临死前的眼神，也是看向了多多的时候，一时嫉妒心起，就没有注意艾文临死前说的那句话，原来是说给我听的。

"艾文惨死街头，我一时乱了方寸，我本打算，利用我手中的力量，先拿到艾文留下来的各种遗物财产的时候，却没想到，多多居然怀了艾文的孩子，并且通过胎儿继承的方式，抢先一步将艾文所有的遗物和财产都拿走了。这个时候，我更加判断多多是组织内的人，甚至一度怀疑多多就是'Punisher'组织内那神秘莫测的首领。而凭我的能力和力量，是不足以对付首领的。所以我思来想去，最终决定：首先，先把多多身边的老周或者老甄分化出来，老周对多多颇为爱慕，所以分化老周，非常困难。其次，在你们四人对付艾文的过程中，老甄才是你们的灵魂，要是没有老甄，你们根本就不可能找出艾文假冒付家后人之谜，更不能找出之后的关键信息来。而且老甄有孩子，老周光棍一个。所以老甄必然是我分化瓦解你们四人的最好突破口，也是最有价值的突破口。

"于是我派人掳走了老甄的女儿彤彤，用来胁迫老甄。只要老甄不能为多多所用，那么多多的力量就削减了大半，而只要老甄能给我做事对付多多，那么整个事情就事半功倍了。

"我将彤彤安置到我和艾文当年设置的孤儿院中，我们当初设立这个孤儿院，一方面是因为我和艾文都是孤儿出身，另一方面我们需要通过培训这些孤儿，给我们自己提供源源不断的手下。这个思路也是'Punisher'组织首领给我们提供的，但是我和艾文在落实这件事的时候，藏了个心眼，并没有告知首领孤儿院的具体位置，只是模糊地告诉首领，我们利用孤儿在我们执行任务的过程中，做些辅助的工作，效果非常好。首领很是高兴，还专门给了我们额外一笔经费，经营这个孤儿院。

"老甄被我用女儿胁迫，虽然气恼，但是也不得不妥协。我也知道，老甄一定会先想方设法寻找女儿。我没想到的是，那个神秘人居然联系到了我，并且告诉了我多多继承财产之后，号称出国的消息。我愈发着急起来，要是多多不是组织之内的人，她卷走这么大笔财富，就此消失，那10亿钱财的损失不说，艾文真实死因的大半线索就要断掉了。所以多多必须被追回来，我自然不能告知老甄关于组织的事情，所以，我就只和老甄说起多多继承的那笔财产，并且对老甄许以重利。

"但是我心中仍然不踏实，因为我没法确定老甄是不是真的因为女儿去对付多多了，所以我也派了人去跟踪你们。

但是很快，我的人就跟丢了。看来跟踪这项工作，并不是谁都能做到的。

"可是就在我一筹莫展之时，神秘人再次给我发了消息，告诉我你们已经和多多再次会合，而且你们还聘请了类似佣兵组织的'拯救者'小队来强行救出彤彤。这个'拯救者'小队的首领'马蜂窝'本来就是艾文的密友，所以当我知道这个消息之后，先是感慨机缘巧合，随后我开始好奇，这个神秘人到底是谁？他为什么要把你们的一切行动计划都通报给我？

"我从小在孤儿院长大的经历，告诉我一个道理，那就是这个世界上没有无缘无故的爱恨情仇，这个神秘人之所以要把你们的行动计划都告诉我和艾文，甚至在艾文死了之后，还要告诉我，我想他的一切行动绝不可能是为了保护艾文和我，因为艾文已经死了。就算是他将你们所有对付艾文的计划都告诉了我们，而艾文也做好了反杀措施，可是最终的结果却是艾文死了。所以当神秘人告诉我这个消息的时候，我做了个大胆的决定，那就是我直接把神秘人发给我的短信息发给了老甄。

"老甄的女儿在我手里，我也能从老甄对我绑走他女儿的态度看出，老甄对我虽然说不上恨之入骨，但也是厌恶万分。所以这个神秘人，肯定可以排除老甄。而艾文之死，一个很重要的原因就是相信了这个神秘人的情报。那么对于神秘人来说，或者他想要的结果是我和老甄两败俱伤。与其鹬蚌相争，渔翁得利，我为什么不考虑和老甄合作呢？

"我很明确，这个神秘人一定是你们四个人中的一个。我在私下里最为怀疑的人是多多，毕竟多多最有动机让我和老甄一伙互相争斗。我相信老甄在最开始的时候也是这么想的，所以他为了那个神秘人是谁，有意向多多隐瞒了'拯救者'小队的事情，并且为了保密，还自己和多多一起行动，而老周则和章玟共同行动。

"我能确定那个神秘人不是老周就是章玟，而绝不是多多，就是因为我这边收到的所有消息，都是和'拯救者'小队的对接联络，包括'拯救者'小队集结的具体时间。

"当我将神秘人发给我的这些消息都发给老甄之后，老甄终于相信了我和他合作的诚意，和我提出一定要保证彤彤的安全。毕竟敌我难分，他没法相信其他人，主要是指神秘人是否会继续用彤彤来威胁他。所以他决定以假乱真，通过我的手机告诉彤彤，在'拯救者'小队登岛的时候，要做一个游戏，在这个游戏中，她要假装不认识爸爸，好能让爸爸把隐藏的坏人抓出来。

"在你们登岛之后，'拯救者'小队在我的授意下反水。你们四人被我控制，我得以和老甄单独面对面商量合作细节。我们成功地让所有人都相信我和老甄的合作目标，是为了找到'Punisher'组织的500亿元公款。当然这样的目的也很明确，那就是让真正的神秘人暴露出来。可是我们却始终没法判断到底是章玫还是老周，因为在之后的调查中，他们都认认真真努力调查。

"直到老甄破解了艾文的遗言之谜，那个神秘人就再也没有联系过我。我开始确信，神秘人想要的也是这个答案。那么我决定利用艾文在这座老宅里设立的机关密室，来测试到底谁是神秘人。在这之前，我和老甄也通过微信沟通过行动计划。老甄的主意真是让人拍案叫绝，他的意思是，让我认真对付你们。我真的困住你们所有人，然后真的歇斯底里。直到老甄成功地击溃我的内心，我打开下一个陷阱密室的门户，我们没想到是老周一下子闯了过去。"

章玫问道："可是周叔叔也可能是担心甄老师对付不了你，所以他才挺身而出，就好比老电影里，革命党人推开同志，自己冲锋陷阵一样。"

第四十四章 | 关键证据

梁品茹听到章玫的质疑，对她露出欣赏的笑意，又闪过一丝狡猾道："章玫小妹子，难怪老甄这么喜欢你。你果然有仁有义，在明知道你和老周之中有一个是内奸的情况下，还能出头给老周辩白。至于如何确定老周就是给我发消息的神秘人，甚至如同我怀疑的，老周就是'Punisher'组织的首领，这些就需要老甄去判断和找到证据了。"

我接过梁品茹的话来："从老街上我被老周殴打受伤，我躺在医院的时候，就一直在想问题出在哪里。当时最让我百思不得其解的就是，艾文是怎么知道我们的行动计划和安排的。其实这个想法从我在艾文出生的小城就遇袭的时候就已经有了。第一次咱们四个人遇险，老周被攻击，可以说是我们被跟踪。第二次，多多在房间中自杀，是艾文对多多植入了心锚炸弹。第三次，我在小城遇险，这说明艾文已经把我的情况都调查清楚了。但是他连咱们出现的小区、街道都掌握得一清二楚，这就值得怀疑了。第四次，咱们设计好的老街攻击艾文，可以说是筹备严谨，行动充分，就准备对艾文雷霆一击，一击即中，但却没想到我们反而在动手之前，就被艾文反攻击了。在老街上，我被老周一下子踢晕，随后艾文当街自杀。

"这世界上或许有偶然，但是绝对不会一直发生。一直发生的偶然，一定是有人设计。这两次偶然的发生，就说明，我们所有行动都被艾文提前知道了。但是艾文却死了，我们当时知道的最大的对手却当街自杀了。而且我们之所以会和艾文发生对抗，就是因为多多的委托，艾文死了，多多不但找回了自己的2000万元，还继承了艾文更大笔的财富。那么我们的对手也就凭空消失了，所以虽然我心中疑窦丛生，但是我却没有必要再对整件事情追究下去。

"直到梁品茹找上门来，梁品茹绑架了我女儿来威胁我去追回多多继承的艾文的财富。按照梁品茹当时的说法，那笔钱是她和艾文共同犯罪得到的，艾文死了，钱应该是属于她的，但是却被多多捷足先登，利用腹中胎儿继承了财富。所以她一定要把那大笔钱追回来。这个理由也是说得过去的，所以我也并没有怀疑其他。

"在这之后，我们确认了彤彤被绑架，我们必然先选择去尝试能否直接找到彤彤，何况老周本身就有很多线人，可以提供情报，查找线索。我和老周，也合作过找人，但是这时候，就发生了第一件我觉得奇怪的事情。这个事情还需要多多给我解释。"

章玫奇怪道："甄老师，是什么事情？为什么需要多多姐姐解释？"

多多先是疑惑地看了看我，但是很快就恍然大悟道："老甄，你说的是不是我怎么知道梁品茹绑架了你的女儿来威胁你的事情？"

我点点头道："没错，就是这件事情，你当时卷款逃走，隐居京城，多半是会切断所有没必要的联络，又是怎么知道梁品茹绑架我女儿彤彤的事情的？这件事情，知道的人，按理说，只有梁品茹、我、老周、章玫四人才对。我前妻知道，相关办案的人知道。但是你和这些人是不可能有交集的。如果是上海地面上出的事情，要说你知道的话，我还勉强认为解释得过去，因为毕竟你在上海工作生活多年，人头熟悉，有些风吹草动，你都能收到消息。但是彤彤被绑架的地点却是北京，你不可能知道这些的。"

多多对我说道："我知道你女儿被梁品茹绑架，威胁你找回那笔钱也是因为一个神秘短信息，是个陌生人发过来的。那个陌生人还再三叮嘱我，千万不要告诉你我是怎么知道这点的。因为我要是告诉你之后，你就不会再信任我了。"

多多拿出手机，打开那条短信息，递给我看。我看过之后，递给章玫。章玫看过之后，递给了梁品茹，问梁品茹道："发这条信息的手机号码，和发给你我们行动信息的手机号是一样的吗？"

梁品茹看了看道："是同一个手机号码发的，而且发消息的口气都是一样的。"梁品茹说完，也把自己的手机递给我们查看。

章玫说道："可是，这也只能确定，是同一个人发的消息。但是又怎么确定这条消息是周叔叔发的呢？"

梁品茹说道："我最初怀疑的是多多，因为到目前为止，她还是最大的受益者。但是当老甄告诉我，多多曾对他说过，如果能将他女儿救出来，她愿意把自己从艾文那里继承的10亿元财产吐出来还给我的时候，我确信多多终归还是个女子了。女子多情，这种事只有咱们女人才能做出来。所以，通风报信的人，肯定不会是多多，因为多多不会对付老甄。"

章玫听罢梁品茹的这番话，不由自主地赞同道："其实多多姐姐收到这样的短消息之后，不但没有立刻隐匿或者逃走，而是主动联系甄老师，这就说明多多姐姐对甄老师也是真心真情了。咱们是宁可自己死，也不会让心上人出危险的。可是，我还是不愿意相信周叔叔就是那个出卖我们的人。"

我继续说道："你们可能没有注意过老周的手表。"

章玫和多多异口同声道："手表？手表怎么了？"

我点点头道："对，是手表。一般来说，我和老周这个岁数的人，多半会喜欢佩戴机械表，因为手表是男人的首饰。"

章玫赞同道："这个好像是的，我每次看到甄老师弄个摇表器把他那几块手表轮番放进去，取出来佩戴，都觉得甄老师真是闷骚。衣服就那几套，却几乎每天都换表戴。可是这和周叔叔有什么关系？"

我继续说道："大部分中年男人，对于手表的态度，基本上就这几类：第一，不佩戴手表，任何手表都不戴，或者佩戴各种木头的、石头的手串；第二，佩戴机械表或者石英表；第三，佩戴智能手表。而老周戴的就是智能手表。"

章玫问道："周叔叔佩戴智能手表，也算正常啊。"

我说道："我们大部分人佩戴智能手表，是为了手表和手机相连，通过蓝牙功能连接，方便手机装在包里或者兜里的时候，有来电提醒、消息提醒，甚至直接在手表上收取微信消息。除此之外，还有就是各种健康APP的功能应用。因此，我们所用的大部分智能手表是不需要内置手机卡的，因为只需要和手机相连接。可是在咱们四人都被困在密室的时候，手机没有信号，咱们四人用蓝牙进行聊天的时候，老周却不需要先把智能手表的蓝牙连接先断开，而是直接连接上了我们的蓝牙网络。而且我无意间观察过老周的智能手表，发现老周的智能手表不是我们常用的智能手表，而是手表型手机。就是那种可以插入独立SIM卡，具有部分手机功能的电话手表。

"梁品茹那里几乎能随时收到我们全部行程的消息，那么咱们内部的内奸也必然是随时发送消息的。所以这个发送消息的手机或者其他装备，必然是随身携带的。咱们想验证老周到底是不是内奸，眼下就有一个办法，那就是我们想办法去检查他的那块手表，看看是不是有手机卡，然后看看是不是这个号码。"

多多突然说道："梁品茹，你关住老周的那间密室，手机有信号吗？"

梁品茹说道："开了屏蔽器，手机没有信号。"

多多说道："我可以给这个手机号码也发送个消息。然后你开一下屏蔽器，如果老周收到了消息，肯定有提示。他肯定回去看他的手表的。"

梁品茹道："可以，信号屏蔽器关闭到手机恢复信号，再到能收到短信息，差不多需要两分钟，你发完消息之后，我把信号屏蔽器关闭两分钟。而且这里所有密室的监控，都是超高清的，可以放大细节的，并且有不止一个摄像头。老周在密室里的一举一动，我们都可以通过监控来仔细观察。"

|第四十五章| **电话手表**

多多拿起手机，给那个神秘人的短信息直接回复了一句："你到底是谁？"

多多等自己的手机提示消息已发送之后，对梁品茹点了点头，梁品茹再次拿起自己的手机，按了几下。看来这套宅子里的所有高科技设备都与她的手机连接，直接用手机控制的。

梁品茹把信号屏蔽器关掉之后，就拿起手机遥控器，对着客厅内的巨屏电视按了几下。我们看到电视上对老周的监控，迅速变成了九格，左上角那格是密室屋顶正上方对着老周的监控，其他的监控已经从各个角度都对准了老周。

过了一会儿，我们明显看到老周抬起了手腕，看起了手腕上佩戴的智能手表。梁品茹已经将摄像头对准了老周的手表，同时将画面放大了起来。

可是就在这时，老周抬头看了看天花板上的吸顶灯，转过身去，走到了房间的墙角，背对过去。

梁品茹连忙放大设置在墙角的另外一个摄像头，这个摄像头勉强能看到老周的手表。而且摄像头焦距足够，能够把老周手机上的显示屏放大到我们勉强看得清楚。

虽然我们只能看到老周手腕上的智能手表的一个角落，但是还是看到了那是一条短消息提示的几个汉字："是谁？"

章玫看到这个镜头说道："实现隐藏消息很容易，不是非得用这种手表型手机的，使用可以收发短消息的虚拟号码，或者干脆是双卡双待，甚至多卡手机，都可以实现这个目的。或者他还有另外一部手机，都可以实现这个功能，为什么要用这么老式的电话手表呢。而且现在很多智能手表，本身也都是支持ESIM卡的，完全没必要这么操作的啊。"

我对章玫说道："老周用的手机是最新款的三星折叠手机，这款手机是单卡的，而且对于老周来说，两部手机同时使用，会更为显眼。当然，还有更重要的一个原因，那就是就我对老周的了解来说，他并不是很熟悉这些数码设备，毕竟我们这些中年男人，对手机等数码设备在意的并不是各种功能了，而是有没有符合我喜欢的要素了。"

章玫说道："哎！我还是不愿意相信周叔叔会这么做。他为什么要这么做啊？"

梁品茹说道："等一下，你们看，老周刚才在那个手表上按了个按钮，也许那块手表没我们想的这么简单，至少是能够定位的。这里怕是不安全了。老甄，咱们先抓紧时间找出艾文藏匿的文件吧。至于老周掌握的密码，等咱们找到之后，再做打算。"

梁品茹说完，起身带路，带着我们通过楼梯爬到了三层，进入三层的书房，走到靠墙的封顶书架旁边的青铜武士雕像旁边，拿出了武士手中的佩剑。只见那青铜武士的双目之处，露出扫描的红光。梁品茹把双眼对着青铜武士的双眼，片刻之后，只听嘀嗒一声，随后书架中间露出一道门户。

梁品茹带着我们穿过这道门之后，门户自动关闭了。门户之内是卧室模样。梁品茹走在前面，打开房门，我们看到了楼梯。只是这个楼梯的装修风格与刚才我们走过来的楼梯完全不一样。

我对梁品茹说道："我们是到了隔壁的宅子里是吗？"

梁品茹扭头得意地笑道："老甄你反应真快。没错，咱们已经通过密道来到了隔壁的宅院。这也是艾文的布置，这样的话，就算有人跟踪我们找到刚才的那套宅子，也绝难想到，真正的秘密并不在那套宅子里。而且刚才那套宅子里所有的密室都是陷阱，就算有大队人马强行攻入，最终发现了这两套宅子中间的密道，我们也有足够的时间全身而退了。"

这时已然是晚上，这套房子内光线昏暗，而梁品茹为了避免引人注目，并没有打开灯，我们只好纷纷用手机照明。我打开手机手电筒功能的时候，却发现我们的手机在这套宅子里也是毫无信号。

梁品茹对我们说道："这整套宅子都安装了信号屏蔽网，属于物理屏蔽信号，不能关掉的。就是避免有人无意闯了进来，用黑客技术打开密室和保险柜。所以咱们所有人的手机在这套房子里都没有信号。"

我们跟随梁品茹，在这套宅子里又下了两层，到了一层的卧室里，梁品茹打开藏在卧室内梳妆台后面的密室房门，带我们进去，又在这间密室之中，扭动机关。我们所处密室房间的某个墙角地面，缓缓地升起了一个不大的保险柜。

梁品茹对我们说道："艾文性子严谨，思维巧妙。他知道大部分隐秘保险柜都是镶嵌入墙，可是他却让这个保险柜藏于地下，让人难以想到。这个保险柜艾文在建好这两座宅院的时候，特别郑重地告诉了我这台隐秘保险柜的位置。但是打开保险柜的密码，我却不知道。因为'劳力士'是通过电话告知艾文密码的，并没有任何记录和备份。而且这个保险柜，不管是强行切割开启，还是输错密码三次，都会让保险柜内部的强酸装置启动，毁掉保险柜内部的文件。"

我问梁品茹道："这个保险柜的密码是什么形式的？指纹、视网膜、密码？还是其他的什么形式？艾文展示过吗？"

梁品茹摇摇头道："艾文并没有给我展示过这个保险柜的开启方式，而且也没有给我留下过关于保险柜密码的信息。"

我走到保险柜前，看着这个体积不大闪着金属幽光的保险柜，只看到了保险柜前面的一个红色按钮，我伸手轻轻触碰了一下红色按钮，只听得保险柜传出提示声音："请输入设置好的音频，打开保险柜。"

原来这个保险柜是音频开锁，这可真是麻烦了。保险柜的密码是"劳力士"设置的，"劳力士"已死，临死前将密码告诉给了艾文，现在艾文也已殒命，那么这个保险柜该怎么解开呢？我想了想，扭头对多多问道："多多，艾文留下来的手机或电脑里，有没有留下什么音频资料？可能是开启保险柜密码的音频。"

多多从随身携带的小包里，找出艾文遗留的手机，打开之后，翻了一遍，对我们摇摇头道："手机里没有什么特别的音频。"多多说完之后，把艾文的遗物手机递给了我。

我打开手机，随即寻找了几个音频文件，发现的确没有特殊的音频。就在这时，我们听到了我们刚过来的宅院里的动静。

梁品茹带我们退到客厅，打开这套房子客厅内的电视机。电视机上果然显示出隔壁宅院各个角度的监控影像。

只见隔壁院子里已经有十数名"拯救者"小队的成员正在用破拆工具从内部打开大门，很快，院门就被强行推开，院外拥进来更多的"拯救者"小队成员。

我问梁品茹道："你不是说艾文救过'拯救者'小队首领'马蜂窝'的命吗？那么这些人是你召唤来的吗？"

梁品茹惊慌地摇摇头道："不是，这些人不是我叫来的，这个地方，他们也不可能知道。他们能这么短的时间内找到这里，只有一种可能，就是老周在我解除信号屏蔽的那两分钟内，发送了定位。而且定位精度极高，这才能让'拯救者'小队直接找到那套宅院。"

我点头同意道："而且这个'拯救者'小队的人马就一直在附近待命，才可能在这么短短的几分钟之内，追踪到这里。他们寻到这套房子里，最快需要多长时间？"

梁品茹说道："他们这么多人手，再使用专用设备探测寻找的话，估计20分钟也就能找到这里了。"

章玫说道："那也就是说，我们只有20分钟的时间打开保险柜了。这里有没有固定电话啊，甄老师，你能不能给李强队长打个电话，呼叫支援啊。这个'拯救者'小队，真是难以对付。"

|第四十六章| 音频密码

梁品茹道："这里没有固定电话，不过咱们要是20分钟内解不开保险柜密码，可以通过水路先行撤退。"

我想了想道："咱们可以先试一次，看看我推测的对不对。这一次试验不成功，咱们就先撤退出去，等我联系李强，再做打算。"

我们再次快速回到密室，对梁品茹说道："如果艾文没有留下任何能够打开保险柜的音频备份，或者其他线索的话，那么他留下的唯一的线索，还是临死前所说的'童年'那两个字。梁品茹，你再仔细想一想，你和艾文之间，是否有和'童年'有关的声音？想到了，我们就试一试。"

梁品茹双手抱头，闭目沉思，一两分钟之后，对我说道："和'童年'有关的声音，那大概就是我和艾文大学时候，经常哼唱的歌曲《童年》。可是，就算我们猜到了声控密码内容，但这个密码要么是'劳力士'的声音，要么就是艾文的声音，我们也没法打开这个保险柜啊！"

我摇摇头，说道："我不这么认为。如果这个保险柜的密码真的是'劳力士'和艾文的声音才能打开，那么艾文就没必要在临死前拼尽全力留下遗言了。要是我推测的没错，当艾文得到'劳力士'留下的密码之后，就已经将密码更改为你梁品茹的声音了。这样的话，万一艾文也被'Punisher'组织首领杀死，你也能打开保险柜，获得文件资料，好能给艾文复仇。所以，打开这个保险柜的声音密码大概率是你的声音。但是具体内容，还需要你仔细回想。"

梁品茹眼中已经噙满了泪水，对我哽咽说道："内容我知道，艾文死前两个月曾经给我发微信，让我哼唱《童年》中的两句歌词：'多少的日子里，总是一个人面对着天空发呆，就这么好奇就这么幻想，这么孤单的童年。'这首歌是我们在大学时代KTV必点曲目，我和艾文合唱，每次都能把自己唱哭。"

我对梁品茹做了个先试试的手势，上前再次按了那个红色按钮，保险柜传出提示声音："请输入设置好的音频，打开保险柜。"

梁品茹走近保险柜，清晰地唱了起来："多少的日子里，总是一个人面对着天空发呆，就这么好奇就这么幻想，这么孤单的童年。"梁品茹的音线本来魅惑悦耳，但是唱这几句歌词的时候却是哀婉凄凉，在这静谧的密室之内，这清冷的歌声穿透力十分之强，听起来让人忍不住陪着心碎。

梁品茹的歌声刚落，只听到保险柜内冷冰冰的金属质感的提示音再次传来："正在比对密码，请稍后。"

我们所有人都屏气凝神，等着保险柜是否能打开，毕竟我们的时间有限，再过几分钟，"拯救者"小队的人马就要找到这里，冲进来了。

大概持续了一两分钟，保险柜的提示音再次响起："密码比对成功，保险柜开启两分钟后自动上锁，请注意。"

保险柜居然真的打开了，梁品茹上前一步，将保险柜内的文件袋拿在手里。章玫则跳起来一把抱住我，狠狠地亲了我一口，兴奋地说道："甄老师，你太厉害了，连保险柜密码都能推断出来。"

我不知所措了片刻，对大家说道："咱们赶紧先离开这里。到了安全的地方，再查看文件袋。"

梁品茹把文件袋装入自己的皮包中，对我们挥挥手，示意我们跟着她走。多多则走到保险柜跟前，俯下身来，伸出手，在保险柜里又返检了一番，这才起身在章玫身后往前走出。

梁品茹带着我们，通过楼梯下到了地下室内，打开地下室内的一道门户，扑面而来的是河水腥湿的味道。梁品茹打开灯，原来这里有道水门，还有一艘快艇停在水门之内。梁品茹带着我们登上快艇，我们穿好救生衣，梁品茹从快艇上拿起一个遥控器一样的东西，按了几下，那道水门无声无息地向上滑动开启，快艇一下就顺着水门蹿了出去。

我们驾乘快艇，直接驶入了这一排宅院后的小河之中。梁品茹把快艇开得飞快，一直顺着上游开到了小河尽头的水库水面之上，梁品茹在快艇中对我们说道："到了这个水库之上，咱们就已经离开了上海地界，现在进入江苏省内了。"

这条水路梁品茹很是熟悉，看来不是第一次行驶。快艇一路向前，在水面上行驶了大概四十分钟，终于靠岸，岸边一排欧洲风格的临水别墅，纷纷有码头探入水面。

梁品茹驾驶快艇，直奔其中一个码头，拿起另一个遥控器，这个码头附近临水的不锈钢门缓缓打开，快艇减速驶入，门户关闭，快艇靠岸停下。我们依次上岸，已经到达了水边别墅的花园岸边。这别墅院子大概有300个平方米，花园临水，园中花草树木，假山奇石，明显是仿苏园的风格，院内还有座石头小桥，假山上还有乘凉亭。这中式园林的尽头却是中西合璧的三层别墅。

院内石子铺成的小路两侧，装满了感应灯，我们走到哪里，都会自动亮起。梁品茹在前带路，我们在身后紧紧跟随，步行了三五分钟，走到了别墅面对院内的落地玻璃门之前。梁品茹用指纹打开门锁，客厅内的灯光自动亮起，柔和明亮。

梁品茹一屁股坐在沙发上，这才对我们说道："这也是艾文的布置，这套别墅也是我们的藏身之所。当初是用曹洁的身份证购置的，一直没有变更，所以难以查到。"

我却判断，这套别墅本来就是曹家的产业，艾文只是没有变更登记而已。

章玫抬头看看挑高6米的客厅顶上的水晶灯，忍不住叹道："难怪都想有钱呢，房子这种东西，对于普通人来说，都是一辈子，甚至几代人努力才能买得起的。可是对于有钱人来说，却是个大玩具一样。"

梁品茹从包里掏出文件袋，拿出里面的东西，翻看了几眼，对我说道："老甄，这个文件袋内果然是一系列的法律文件，我们需要用这些文件去瑞士银行保险柜内，取出保存的东西。但是，还需要'Punishier'组织首领掌握的密码，才能打开。"

我接过梁品茹手中的文件翻看，果然是离岸公司的各种法律文件，还有通过这些离岸公司开设的银行账户以及保险柜账户的资料。梁品茹的手机响了几声，梁品茹打开手机，看了几眼，随后对我们说道："'拯救者'小队已经救出了老周，而且找到了隔壁的那套老宅。现在他们正在地毯式搜查，我想你得找你的警察朋友帮忙了。"

我点点头，掏出手机，正要联系李强，却看到手机上有一条老周发来的未读微信。我打开一看，是一段视频，视频中彤彤和德老师满脸惊恐，彤彤在视频里哭喊着："爸爸，快来救我！"

梁品茹也听到了彤彤求救的声音，她看到自己的手下也被控制，脸色大变，立刻拿出手机，给德老师拨过电话去。电话接通，却传来了"拯救者"小队首领"马蜂窝"的声音："把那个保险柜里的东西交出来，不然的话你的手下还有这个孩子，你们就再也别想见到了。"

"马蜂窝"做了威胁之后，挂断电话。我心中气愤，在微信中回复老周道："老周，咱们朋友一场，你到底要做什么？"

老周的回复很快传来："老甄，我并不想伤害你和彤彤，但是每个人都有自己的苦衷。你要是想孩子没事，就不要惊动李强，把那保险柜里的东西给我。"

|第四十七章| 原罪天罚

　　一个人最难过的，莫过于被自己信任的人背叛。我和老周合作多次，虽说不上一起出生入死，但也是共同抗敌。甚至可以这么说，如果没有老周的线人网络的支持，很多案子也没法侦破。甚至没有老周的武力保护，我的几次遇险，都没法做到全身而退。

　　但是，现在这个我视为兄弟密友的老周，却用我的女儿来胁迫我就范。我真是感觉一口老血在胸口郁结，喉头发甜，就要喷了出来。我眼前一黑，栽倒在沙发上。

　　章玫本来距离我比较远，但是见到我一头栽倒在沙发上，立刻飞奔过来把我扶起来。章玫拿起我的手机，看到了老周发过来的微信，忍不住直接对老周发语音道："周叔叔，你为什么要这么做？我们不是朋友吗？你难道不知道甄老师很爱他的女儿吗？"

我缓了一会儿，起身对梁品茹说道："梁品茹，现在我需要这个文件袋去救出我的女儿。"

梁品茹把文件袋装在自己的皮包里，对我说道："老甄，你先冷静一下，我认为即使你把文件袋给老周，你女儿也不一定能这么容易被放出来。你不觉得很奇怪吗？既然'拯救者'小队本来就是老周的人，为什么还会在岛上服从我的安排？"

我伸出手，对梁品茹道："先把文件袋给我。"

章玫和多多也分别从其他两个方向把梁品茹包围起来。梁品茹站立起来，向身后靠去。我没法判断这套别墅里有着什么样的机关，但是我不能再次让自己被梁品茹控制了。

我飞身过去，把梁品茹扑倒在地，梁品茹身子娇小，我的身材体重对她来说，只要把她压倒在地上，她就没可能挣脱得开。可是我的搏击经验还是不足，在我压在梁品茹身上的那一刻，我感觉下体被梁品茹的膝盖猛地顶了一下。我立刻疼得蜷着身子在地上打滚。

多多则毫不客气地拎起附近的一个艺术品，一下子就打在了梁品茹的头上，梁品茹不动了。章玫则从自己的包里找出数据线，把梁品茹的双手捆上了拇指扣。

二女把梁品茹控制住之后，章玫跑过来把我扶起来，她的小手本想帮我揉两下，但是我受伤的部位毕竟是隐私部位，所以最终章玫只是把我搀扶在了一边。

我缓了好一阵子，这才起身，本想先去把梁品茹的皮包拿过来控制住，但是多多已经把梁品茹的皮包先行捡了起来，并且从中拿出了那个文件袋，递给了我。

我接过文件袋打开，翻看其中的文件，正是那一系列纯英文的各种注册公司和开户的文件。

我把文件袋接过来，拿起手机。老周的微信消息刚传过来："今晚十二点，在黄浦江码头上船，等我下一步通知，你自己过来。"

我把文件袋拍了个照片，发了过去，给老周回复道："文件在这里。"

章玫坐在椅子上，双手蒙着自己的双眼，呜呜呜地哭了起来。我等章玫哭完了，安慰说道："玫子，别担心。你和多多在这里看守梁品茹。我会把事情处理好的。我先问梁品茹几个问题。"

多多接了冷水，浇在了梁品茹脸上。梁品茹呻吟着醒了过来。我蹲在地上，对梁品茹问道："对不住，梁品茹女士，我现在没法相信你，所以只有先委屈你了。等警方到了，你再看看能不能有重大立功表现吧。但是为了救出我女儿，我得先问你几个问题。毕竟咱们也算合作了一阵子，互相也算了解，你想欺骗我的话，也做不到。"

梁品茹先是疼得嘶了一声，随后挤出笑容道："老甄，这地板虽然是上好的实木材料，但是躺在上面还是硬邦邦、冷冰冰的，合作一场，你好歹让我舒服一点。另外，在对付老周的事情上，咱们两个是一伙的才对。"

我看了看梁品茹手脚都被捆住躺在地上的样子，也不知道该把她放在什么地方。章玫则推过来一张宽大靠背的餐椅，并且试图把梁品茹抱到餐椅上，章玫虽然身子高挑，但是力气毕竟没有那么大，费了半天力气，也没有把梁品茹抱起来。我把文件袋放在书桌上，起身去把梁品茹抱起来，放在餐椅上。

梁品茹被我抱起来的时候，还娇笑着说道："老甄，你得健身了，你的肚腩太明显了。不过，卡在你的肚腩上，还挺舒服的。"

我把梁品茹丢在椅子上，拖过另一把椅子，坐在梁品茹对面，冷冷地问道："你和艾文平时怎么和你们的上线联系？"

梁品茹使劲地抬起腿，让自己斜靠在椅子上，对我媚笑着说道："没想到章玫小妹子也很会玩儿，只不过我很少是穿着衣服被捆起来。"

我对梁品茹说道："我现在没心情看你这样表演，我需要知道你们这个'Punishier'组织的各种细节。"

梁品茹说道："这些事情我是不知道的，我和艾文加入'Punishier'组织之后，都是艾文和组织内的各个成员联络，我只是作为艾文的拍档去做事的。"

我继续问道："那艾文和你讲过关于'Punishier'组织的事情，有多少？"

梁品茹说道："我记得艾文说起过，'Punishier'组织的首领是个雄才大略的男人。不过他也仅限于知道那是个男人，至于其他的东西，他也不知道。这个组织的全部资料都在银行保险柜里，而打开那个保险柜的钥匙，就在文件袋里。

但是有一点我可以告诉你，那就是，这个组织的成员数量，远比你想象得要多，要复杂。而且成员之间互相不认识，成员不知道上级的身份、容貌，甚至性别。"

我说道："你的意思是说，不管是谁，只要掌握了成员的身份资料、联系方式，都可以掌控他们，成为事实上的组织首领？"

梁品茹说道："可以这么理解。所以组织首领才会除掉艾文和'劳力士'，自己独掌这份资料。"

我奇怪道："既然谁掌握了这份资料，谁就是组织首领，那为什么这份资料是三个人分别掌握呢，而不是组织首领独自掌握呢？"

梁品茹说道："艾文没有具体告诉过我，但是他曾经隐隐约约地说过，虽然是组织首领创设了'Punishier'组织，但是组织的发展壮大却不是他一个人完成的，而是在'劳力士'和艾文的共同努力下，才发展到这个规模的。我和艾文每猎取一个猎物，获得财富之后，都会上交所有收益的三分之二，我们自己留三分之一。据艾文说，上交的那三分之二中有三分之一是上交的组织公费，剩下的三分之一则是分配给整个猎杀环节中的所有成员。"

我问道："既然你和艾文单打独斗就可以制造曹洁一家灭门惨案，成功继承了曹家的巨额财富，为什么还要加入这么一个组织呢？而且还需要收入上交三分之二。"

梁品茹说道："一开始我也不理解艾文为什么要这么做。但是等我做了更多的任务之后，我终于明白了艾文的用意，那就是如果我们两个单打独斗的话，我们大概率也只能做到曹洁一家那样了，而不可能找到其他目标，更不要说去接近目标、设计目标、猎取目标了。"

我点头道："那我明白了，可是这个组织明显是谋财害命，为什么叫作'Punishier'组织，或者说'天罚者'组织呢？"

梁品茹道："因为我们猎杀的猎物，都是有原罪的。但是他们的罪恶深藏，不能受到法律的惩罚，所以我们要去替天惩罚。"

梁品茹说完这番话，把眼神看向了多多。我也忍不住看向了多多。章玫忍不住问道："那多多姐姐的原罪是什么呢？"

梁品茹狡黠一笑，说道："多多的原罪是什么，只有艾文知道。可是艾文真的爱上了多多，那不管多多有什么罪过，他都不能下手的。"

|第四十八章| 码头交易

我不置可否，继续问道："那个'拯救者'小队，不是你的人吗？怎么突然出现在朱家角镇那座老宅，而且还救走了老周呢？"

梁品茹道："'拯救者'小队，确切地说，原来是艾文的关系，艾文在一次行动中，救过'拯救者'小队的头目'马蜂窝'的命，上次他们能为我做事，也是因为看在艾文的面子上。但是他们终归还是'Punishier'组织的成员，所以如果老周是首领的话，虽然'拯救者'小队在不知情的情况下，会帮助我对付他，但是如果他通过组织内的联络方式，正式联络到'拯救者'小队的话，那么一定能驱使'拯救者'小队服从他的命令的。"

我抬起手腕，看看腕表时间，这块腕表还是我们在挖出付家埋藏的黄金之后，章玫送给我的一款名贵手表。已经是晚上九点半，我得出发了。

梁品茹说道："那老周到底是因为一开始没和'拯救者'小队联络上，还是有其他目的呢？"

我转身拿起手机，收拾东西，对梁品茹说道："你这栋别墅里，有准备好的汽车吧？我得借用一下了。关于老周的问题，我想，他早就已经联系上'拯救者'小队，只不过他需要通过这种方式，才能让咱们把自己掌握的所有关于艾文的信息整合在一起，找出艾文藏起来的保险柜，而且，他需要我破解艾文留下来的遗言，所以才故意被'拯救者'小队打倒控制，然后我们一起去破解这些谜团。"

梁品茹叹了口气，说道："车库里就停放着一辆雷克萨斯的SUV，你从楼梯下楼，就能直接进车库，车库的门是蓝牙感应的，你只要启动车辆，车载蓝牙就能自动打开车门，车离开之后，车库门会自动关闭。"

我拿起文件袋，对章玫和多多说道："老周那边，无论如何，都得我自己去面对。你们两个在这里看好梁品茹，我已经通知李强派人过来。"

我快步跑下楼梯，走到车库，看到了车库内银灰色的越野车。我走过去，本来以为车门是开着的，一拉就能打开，却没想到这款车车门会自动上锁。

我正想打电话要章玫把车钥匙给我送过来，却听到了楼梯上章玫跑过来的声音，不大一会儿，章玫气喘吁吁地走了过来，手里拿着一把车钥匙。章玫打开车门，对我说道："甄老师，我能陪你一起去吗？我实在担心你。我至少在路上可以和你换着开车。到了地方之后，你自己去见老周，我在车里等你。"

　　我从章玫手里接过车钥匙，对章玫说道："玫子，你得在这里盯着，现在我能彻底信得过的人，就是你了。"

　　章玫仍然坚持和我一起过去，我在上车之前，紧紧地抱了章玫一下，在章玫耳边，说了句悄悄话，随后我关上车门，启动车辆，向车库门开去。车库门缓缓地自动开启了。章玫在车库里，目送我离开，一直到车库门自动关闭。

　　我打开导航，一路狂飙，途中给李强打了个电话，终于在十一点半的时候，到达了黄浦江码头。我把车停好，按照老周的微信消息指示，走到了四号码头。

　　深夜十二点，码头上空荡荡的没有一个人影。突然之间，一艘游轮汽笛声响起，缓缓地向码头驶来。十二点整，那艘小型游轮靠近了码头，游艇靠岸，船舱门打开，"拯救者"小队的精壮队员走了出来。我掏出文件袋，对那几个"拯救者"小队队员喊道："老周在哪里？我女儿在哪里？"

那几名"拯救者"小队队员的脸庞藏在黑色脸罩里，不吭不响，没有声音，只是冷冷地盯着我。

这时，"拯救者"小队头目"马蜂窝"走了出来，对我说道："老周在船上，你女儿也在船上，你上船来吧。"

我拿着文件，缓缓地走上船去，"马蜂窝"在前面引路，我身后则跟着两名"拯救者"小队队员。

这艘游轮不大，只有两层，我很快就走进了游轮的客厅里。客厅里，老周正站在窗户边，远眺黄浦江的江景。

"马蜂窝"说道："老甄来了。"

老周缓缓地转过身来，我看着这张熟悉的面孔，却感觉非常陌生。老周身上沉默稳重的气质也不见了，取而代之的是一种君临天下的枭雄直视感。

"马蜂窝"一把从我手里拿过文件袋，恭恭敬敬地递给老周。老周对"马蜂窝"说道："你打开看看。"

"马蜂窝"打开文件袋，发现是空的，眼神中闪烁出对老周的佩服。老周哈哈笑道："'马蜂窝'，我早就说过，老甄要是这么容易就把文件袋交出来，他就不是老甄了。"

老周转过头来，对我说道："老甄，咱们两个已经认识两年多了吧，在一起破案、冒险，也有一年多。这一年时间，是你想不到的变化，也是我想不到的变化。那份资料对我很重要，对你却没有什么用。你把资料给我，从此之后，我们还可以是好朋友。"

我冷笑道："做你的朋友，我还真是不太敢了。咱们还是直接谈谈交易吧，你把我女儿藏在哪里了？"

老周对"马蜂窝"使了个眼色，"马蜂窝"转头对另外几名"拯救者"小队队员点了点头。其中两名队员转身离开，过了三两分钟，我听到了彤彤的声音，很快，彤彤出现在了客厅里。彤彤看到我，就要跑过来投入我怀里，对我喊道："爸爸，你快叫这些坏人放了我。"

看守彤彤的那名队员，拽着彤彤，不让彤彤冲过来。本来被梁品茹安排把彤彤送走的那个德老师，则被另一名队员看守着。

老周又摆了摆手，那几名队员强行把彤彤和德老师带走了。老周说道："彤彤在这里，只要你把文件袋内的文件给我，我可以立刻送你们安全上岸。这么久的朋友，我也不愿意伤害你们。"

我对老周说道："文件袋内的文件，我都已经烧掉了。不过在烧掉之前，我用手机拍照了。"

"马蜂窝"就要过来抢夺我的手机，老周摆了摆手，阻止了"马蜂窝"，"马蜂窝"停止行动，等我说完。

我继续说道："但不是用我的手机，是用章玫的手机，如果你想要那些文件的照片，就先把我女儿放出去，等她们安全了，我再把文件照片让章玫用微信发给你。"

老周道："我已经定位了章玫的手机，派人去找她们了。咱们还有时间，我可以给你讲讲整个故事。"

老周坐在沙发上，对"马蜂窝"等人挥了挥手，客厅舱内，就只剩下了我和老周两个人。老周坐在沙发上，示意我坐在他对面，从烟盒里掏出两根香烟，一根丢给我，一根自己点燃。如同我们每次讨论案情一样，老周对我缓缓讲道：

"'天罚者'，这个名字是我想到的，可是老甄你不知道的是，我之所以想到这个名字，也是和你有关系的，那就是毒刺事件。你还记得毒刺事件中，汉光集团的假于文泽吗？我从警多年，从我的经验来说，想抓获假于文泽——那个身背命案却混得风生水起的官二代，是非常难的，就算抓到他，只要他检举揭发了其他同伙，或者和他有关联的腐败分子，就算是他的重大立功表现，就可以判处死缓。判了死缓之后，两年内他做好工作，不再惹事，或许可以改判无期徒刑。可能凭借财力和人脉，他只需要在监狱里待个五年就能出来，继续用他聚敛的巨额财富享受人生了。更何况，我们还可能根本抓不到他，他就已经通过其他身份逃出境外，在南美洲国家或者加勒比地区继续享受人生。如果没有毒刺，他的结局大概率就是我刚才说的那样。"

第四十九章 天罚者说

老周把一口烟气吐了出来，在烟灰缸里掸了掸烟灰，望了我一眼，继续说道："从那一刻起，我突然感觉到，我原来坚持的一切都错了。我在部队的时候，冲锋陷阵，豁出性命去完成任务；转业当了警察，我连破大案，多少个持枪歹徒都是我抓回来的。可是最后呢，我把这些浑蛋送进监狱去，可是没几年，这些浑蛋就一个一个地立功减刑，从监狱里大摇大摆地出来了，而且改头换面，还成为民营企业家。直到最后，我的徒弟成为我的领导。我心灰意冷，从刑警队辞职出来，自己干了个商务调查公司。什么商务调查，不过就是私家侦探的合法的叫法。我什么都不会，只会破案，只会找人抓人。除了公家分的一套经适房，也没什么存款，连老婆都没有。但就是这样，有各种各样混社会的人想来拉拢我做他们公司的什么保安部经理、保安部主管，我看着他们肥头大耳满脸假笑的样子，恨不得把他们的脑袋打烂。

"我做了半辈子的执法者，得到了什么？三次负伤，一套经适房，几万块存款。最后在一个破旧的便宜的商业街里租了一间工作室，连个人都雇不起。在认识你之前，我发现我这个前刑警队长的名头，如果不肯去做些牵线搭桥的生意，单凭去破案找人的话，就只能每个月赚几千块。那几年我都不知道我是怎么过来的。我断掉了与之前的一切老朋友的联系，不想让别人见到自己窘迫的样子。

"直到你带着我接触了毒刺这样的大案子。虽然这个案子没赚到什么钱，可是对我来说，却有两点：第一，我没想到你的心理学这么有用，我原来认为的心理学，只是在咨询室内，咨询师听病人发牢骚，然后说一些不疼不痒的建议。可是你的心理学却能够紧紧地抓住犯罪者的心理，从人心深处找出答案。第二就是，我没想到毒刺能够从假于文泽那里一下得到几亿美元的黑钱。而且那笔黑钱就存在瑞士银行账户里，不管是谁，只要拿到了那个账户，就能得到那一大笔巨款。

"假于文泽死了之后，李强审查了'茉莉花'，没有查出实质的内容，也没有足够的证据，而且'茉莉花'本人也没有参与太多的犯罪行为，所以她很快就被放了，但是我却紧紧地盯着她。

"我和你不同，你虽然能够很快深入犯罪者的内心，找出他们的破绽，但是你并没有做过职业警察，而且你破案的主要目的要么是为了救人，要么是为了直播，要么是为了写作，所以你对隐藏更深的犯罪者没有那种敏锐度。

"李强虽然也是警察，但是久在高层，搞的是文件，并不怎么直接接触犯罪嫌疑人。而且毒刺那件案子影响太大，他需要尽快将整个案子的详情，还有真凶，不论死活都要交代过去。他身在官场，得先考虑乌纱帽。

"但是我不同，我做过侦察连连长，也做过刑警队队长，甚至可以这么说，不管什么作奸犯科的坏种，只要他在我面前晃一晃，我都能闻出味道来。所以，当那个'茉莉花'看到毒刺坠桥身亡后，眼神中露出一丝不易觉察的得意之后，我就知道，她一定有问题。当'茉莉花'被审查清楚放出来之后，我就盯上了她。

"毒刺犯罪集团真正厉害的，其实就是那个毒刺，毒刺一死，剩下的成员就只不过是虾兵蟹将。我很容易就把'茉莉花'控制住，逼问出了她掌握的那个瑞士银行的账户和密码。我看着账户中3亿美金黑钱的数字，一下子恍惚起来，都不敢相信那是真的。

"我看着这些黑钱，甚至都能看到假于文泽参与房地产开发的时候，因抗拒拆迁而人间蒸发的冤魂的惨叫，更不要说，服用了有问题的儿童营养品的普通家庭致畸孩子的哀号。我突然产生了一个想法：那就是这些王八蛋，法不能罚，天要罚之。老天不开眼，那我就替老天爷去惩罚他们。原来我什么都没有，连公职身份都没有了。现在我却有了3亿美元的资金，我要成立一个组织，要对那些为富不仁的浑蛋代天惩罚，更何况，他们还都有不少的身家，杀了他们，我还能把他们的黑钱拿过来。这些钱，我可以用来帮助那些受害者，继续清洗更多的坏人。

"我原来办过一个案子，其中有个黑客坐了牢，我看那个小伙子人品还不错，只是因为一时糊涂，才被判了刑。我特意和监狱的朋友打了招呼，才让他在监狱中少受了不少罪，所以他一直对我感恩戴德。但是我也知道，他进了监狱，在那些人渣的熏陶下，对这个世界的认知已发生变化，可能需要好长时间才能看到这个世界的阳光。

"所以我第一个找的人就是他。很快，他也在监狱里立功减刑了，再加上他没有什么社会危害性，所以我将他假释了出来。在他的帮助下，我建立了'天罚者'的暗网招募平台。也是在他的帮助下，我建立了上线对下线的管理体制。在招募成员的过程中，我遇到了艾文，艾文真是心理犯罪的天才。又过了段时间，我遇到了'劳力士'，'劳力士'的真实身份是个大律师，他在上海，接触各种所谓的上流社会的人，那些人的各种原罪，他都一清二楚。正是在他的帮助下，我们很快就找到了那些猎物的突破口，然后再由艾文设计整个方案，我的那些线人负责外围工作。这样几次操作下来，我们在短短的一年时间内，居然就猎取了上百亿的黑钱。我拿出一部分钱去做了慈善，另一部分钱继续招兵买马，扩大组织。单凭我一个人的力量，已经不能管理组织成员了。这时候'劳力士'提出来，虽然我是组织的创始人，但是他和艾文起的作用巨大，所以'天罚者'组织应该实行合伙人制，而'天罚者'组织最为宝贵的就是成员资料。就这样，'劳力士'提出了这样的三人共管的方法。这之后，我们三人做出了新的分工，那就是'劳力士'去发展上层社会的成员，因为那些所谓的上层社会，内部有仇有怨的也不少，有不少人都是吃黑心钱发起来的。艾文则负责去招募精通心理学的成员，毕竟通过心理攻击，让猎物崩溃自杀，或者发生意外，要远比其他各种方式的谋杀更加隐蔽，更加安全。我则负责去招募和训练组织的武力力量，那就是'拯救者'小队。'马蜂窝'原来就是我的部下，我找到他的时候，没想到他混得比我还惨。他退伍之后，地方不分配工作，他性子倔强木讷，在社会上老是得罪人，结果各种打零工，最后自暴自弃，从一个精壮小伙子变成了小胖子。不过我们两个曾经出生入死执行过任务，所以当我找到他，给了他一大笔安家费之后，他就继续跟着我做事了。我和他招募了不少对这个世界上那些有钱的浑蛋有着深深恶意的退伍兵，我们把他们招募进来，吸收进来，让他们去执行需要武力解决的任务。"

我听到这里，打断老周道："老周，我不想知道你的'天罚者'组织的各种内幕，我只想把我的女儿平平安安地带回家。"

|第五十章| 老周自白

老周对我嘿嘿一笑，这个笑容是属于那个正直憨厚的老周的。只不过这样的笑容一闪而过，他又恢复了"天罚者"首领的冷峻，说道："老周，艾文死了。我需要一个同样精通心理的合伙人，你和艾文不同，艾文其实更多的是为了钱，他并没有什么信仰。而你老甄不同，你骨子里是正直的，而且你的逻辑推演能力、领导组织能力，甚至还在我之上，只要你加入进来，不要说在我之下，就是在我之上，我把这个组织的首领位置让给你，都可以。我之所以告诉你这些，就是希望你老甄加入进来，能够成为'天罚者'的成员。我们这个组织有经费，有武力，有智慧。我们就是法外之法，我们就是天外之天。"

我认真地看了看老周，说道："老周，你能不能先回答我两个问题，那就是你为什么要杀死'劳力士'和艾文？还有，你是怎么杀死他们的？"

老周对我投来赞赏的眼神，说道："老甄，如果你是名警察，你一定会是个最好的警察，因为你对案子的真相有着难以置信的执着。我来诚恳地回答你的问题，为什么我会杀死'劳力士'和艾文。原因很简单，那就是他们两个要联合起来对付我了。他们之所以联合起来，居然是因为'劳力士'和艾文认为我没法将组织做强做大，我做首领阻碍了组织的发展，如果我不交权，他们就要拉走自己发展的成员，另外成立组织，甩开我单干。"

我冷笑道："权力运行平稳，得是奇数，要么是一个人，要么是奇数人员组成的委员会，但是很少有三个人共掌权力的。这是因为三人共掌权力，是危险的。因为只要三人中的两人联合起来，就能对付另外的那个人。在两个人合伙干掉另外那个人之后，这两个人进入了偶数共享权力阶段，在没有共同上级的情况下，就一定会陷入内斗，直到内斗出唯一的掌权者来。你们三人的冲突就是这样，你是一把手，你是体制内专业军人出身，然后你的高知二把手和三把手两人看不上你的领导能力了，所以他们两个联合起来，要把你挤出去。可是书生造反十年不成，虽然在你们猎杀猎物的时候，也算是见过血杀过人，但是终究不能与你这样在枪林弹雨中出生入死的人相提并论的。不过好在你知道他们是谁，但是他们却不知道你是谁。所以，他们只能联合逼你交权，你却能对他们肉体消灭。"

老周说道："你这番话也让我明白了，为什么历史上那些割据一方的军阀，单凭武力的将领，没有读书人的帮助，是不能成就大事的，因为缺乏你这样的认知。"

我对老周笑道："这不过是权力运行的基本原理而已。学点法律，学点政治学，多看看历史，就能理解了。你在部队多年，当然知道，掌握部队，是双首长制，就是政治首长和军事首长同级运行，双首长制有效保证了部队的稳定，但是在军队的最顶层，却只能是一个首脑。如果整个军队顶层，也是双首长制的话，那么军队就一定会乱，甚至内讧哗变。你还是给我讲讲，你是怎么杀死'劳力士'和艾文的吧。"

老周又点起根烟，继续说道："杀死'劳力士'很简单，那就是一场最为常见的刑事案件。'马蜂窝'在刑满释放人员中找到了一个得了绝症的人，给了他一笔钱，让他去撞死'劳力士'。为了逼出'劳力士'掌握的保险柜密码，我在之前就给他施加过压力，让他去和艾文合流。当然，他的一举一动都在我的监视之下。至于艾文，就更复杂一些，但是也很简单。老甄，艾文、梁品茹都擅长心理，所以熟悉心理攻击，这也就导致你们会本能地认为艾文当街自杀也是心理攻击。但是其实，我利用我的投影手机，在那片玻璃上打出艾文在孤儿院照片的目的，是为了转移他的注意力，而这个时候，'马蜂窝'则在附近，给他注射了一种毒药，是来自以色列特工组织的。这种毒药能够让人疯狂自杀。连艾文手里的刀片都是'马蜂窝'塞的。对我来说，杀死他们两个人并不是什么难事，最难的事情是找到'劳力士'和艾文掌握的保险柜地点和保险柜密码。

"整件事情，要从多多找到我开始，多亏了你老甄的直播间名气，多多找到了我。当我看到多多委托我调查的艾文居然是'天罚者'组织中的艾文之后，我就开始酝酿了这个计划。

"艾文擅长心理操控和攻击，而我则没有足够的能力去防范和对付。老甄你擅长心理学，正好借助多多需要我调查艾文，来把你拖入这个案子。我知道艾文肯定要对付你，所以就格外保护你，但是为了在那个老街杀死艾文，我也把咱们的计划通报给了艾文。我料定艾文在畏惧之下，一定会把最为关键的秘密传给他最为亲密的人，我知道梁品茹是他的合作拍档，所以我的人也一直盯着梁品茹。

"我对多多的喜欢也是真的，光棍这么多年，还从来没遇到过让我动心的女人。所以，多多找到我的时候，真是天助我也。只是我没想到，多多居然对你产生了感情。这也让我感慨，不是冤家不聚头。

"艾文死在老街，我本来认为艾文一定会在他的遗物中留下线索，我只要派人对艾文的遗物进行检查，就能得到我想要的一切。但是我没想到的是，多多居然提前一步将艾文的财产遗物都继承过去之后消失了。我不想让多多看到我的这一面，所以对多多也一时没有办法。这时梁品茹知道了艾文在组织里的一些事情，特别是知道了艾文保管着组织的一大笔钱之后，就绑架了你的女儿，让你去追回多多。这样之后，我就在想怎么破解艾文留下的秘密。这个秘密很可能是被多多和梁品茹分散知道的，也许她们两个自己都不知道自己知道的秘密有多大的价值。我用强的话，未必能得到自己想要的。但是如果用救出你女儿的目的来让你出面破获秘密的话，把握就更高了。

"于是我一方面联系梁品茹，一方面通过你找到了多多。这之后，我安排了'拯救者'小队，本来是想真的先救出你女儿，然后再控制梁品茹，找出艾文隐藏的秘密。可是没想到艾文和'马蜂窝'有过渊源，梁品茹居然找到'马蜂窝'，要'马蜂窝'帮她控制咱们四人。'马蜂窝'告诉我这些之后，我当即要'马蜂窝'将计就计，先看事态发展再做决定。

"我没想到的是，梁品茹居然是和你谈合作。不过对我来说，最好的结果出现了，那就是，在合作中，破解了艾文的遗言之谜，找到了艾文藏匿保险柜的老宅。只不过我没想到的是，你也早就怀疑我了，而且和梁品茹联合起来对付我。还好，'马蜂窝'他们一直在跟着咱们四人，他们就在附近的几辆商务车内等候我的指令。当时咱们四人都被困在密室里，我见你已经将梁品茹的心理攻击崩溃，正打算趁她崩溃的时候先行控制住她，逼出保险柜和密码，然后再把你们从密室中放出来，到时候我就可以解释我是不想让你遇险就可以了。可是我也没想到，梁品茹居然把我困在了另一间密室里。不管怎么说，艾文除了在心理控制和攻击之外，在设计密室这件事情上，也是个天才。密室之外居然还是密室。后来'拯救者'小队把那座老宅几乎破拆了个遍，这才发现，老宅里的所有密室都是陷阱，而真正藏有保险柜的密室，却在隔壁老宅里。我们找到那台保险柜的时候，我就意识到，你们已经拿走了文件。"

|第五十一章| 逻辑漏洞

我对老周说道："所以这个时候，你已经意识到了，我已经猜到了你有问题，而你能对付我最好的方法就是，也控制我的女儿。'拯救者'小队是你的人，所以那个德老师带着彤彤回北京的行踪，早就是被你掌握的，于是只要你一个指令，你就可以派人将她们截回来。你约定时间是十二点，因为你的手下最快也需要几个小时，把她们从杭州带到这里来。"

老周对我笑道："老甄就是老甄，你这么快就知道我们是在杭州截下她们的了。你的能力还远超过我的想象。老甄，你加入'天罚者'吧，你加入之后，我们可以清除很多恶人。"

我对老周笑道："老周，我可以先给你解释一下，这个世界上从来没有法外之法，因为任何法外之法，都叫作违法犯罪。至于你说的老天不开眼的现象，的确是存在的。这些现象存在的核心逻辑，不是简单的老天闭眼，更多的是人性使然。老周，我在你身上看到了屠龙少年变恶龙的悲剧。你知道人的善与恶的区别，从来都不是好人坏人，而是做了好事坏事。当你判断出'茉莉花'有问题的时候，你如果选择将对她的怀疑交给警方，经由法律对她惩罚，你就是善良的屠龙少年；但是你却选择了从'茉莉花'手里夺取了那3亿美金的黑钱，并且用这笔钱招兵买马，谋财害命。虽然你号称'天罚者'，但本质上不过是'黑吃黑'。艾文谋财害命，你也谋财害命；毒刺害命谋财，你也害命谋财。你的所作所为，和他们并没有什么太大的区别。要是我猜得没错的话，'茉莉花'也早就人间蒸发了吧。

"社会越发展，经济越富有，就越需要安定团结，文明规范。这也是为什么近十年来，法网越来越严密的原因。不是法律自身编织法网，而是社会需要法网更严。

"这也是'劳力士'和艾文不想和你继续合作的最深层的原因吧，我要是没猜错的话，他们在通过'天罚者'组织的猎杀行动获得了天文数字的原始积累之后，就已经想转型了吧，不想再做这种黑吃黑的生意了，他们想做正行洗白了。而你还想继续这种替天行道的游戏，所以最终你们分道扬镳，然后你把他们两个除掉了。可是除掉他们两个之后，你发现'天罚者'组织没法正常运转了，你们的猎杀业务没法开展下去了，你失去了'劳力士'的关系网，你也失去了艾文通过心理攻击无声无息让猎物自杀或者发生意外的能力。你的'天罚者'没有了运转的关键轴承，所以你的经费没法源源不断地流入了。于是你不得不面对两个选择：第一，解散组织，但是需要一大笔遣散费用，得把组织的公费分掉，可是公费是三人共管，你得把所有秘密都破解，才能拿到公费；第二，寻找可以替代'劳力士'和艾文的人，让组织继续运转下去。

"我可以给你列举蒙元帝国的例子，蒙古人最初是通过攻城灭国，获得财富、物资和人力，他们就如同一个不断扩大的抢劫集团，只要抢劫能够有足够的利润，就能够维持整个帝国的扩张。毕竟当年的蒙古人掌握了最为先进的军事组织技术、军事作战技术和军事装备技术。可是当蒙古帝国扩张到了极限的时候，就必须转型，靠税收来维持国家的运转，直到税收因为天灾人祸不足，触发元末农民起义，蒙元帝国垮台。

"你的'天罚者'组织，本身就是靠吃黑钱来不断扩张，可是吃黑钱不能长久，靠胁迫等手段更不能长久，这就是为什么世界上那么多黑社会组织发展到今天，也得在技术和时代进步的逼迫下转型漂白。因为原来的吸金手段，在新兴产业的打击下，越来越萎缩了。

"从微观经济学的角度来说，人们之所以转行，大多数情况下，不是因为他想转行，而是他不得不转行。就算行业内的企业兴衰变化，可是行业总有人去做，本质原因不是因为哪个行业的祖师爷在起作用，而是因为这些行业是被需要的。

"所以老周，你从事的这个黑吃黑的行业，是不可能长久的。朋友一场，你听我的，回头吧。"

老周听我说完，脸色阴晴不定，一时没有说话。我也没有说话，客厅里的气氛一瞬间降到了冰点。

老周叹了口气，对我说道："你说得有道理，可是我已经回不了头了。就算你不能加入'天罚者'，你也得将那个文件袋给我，正如同你所说，就算我要解散'天罚者'，我也需要那一大笔公款支付遣散费才能解散。就算我要'天罚者'转型，也需要那一大笔公款。咱们朋友一场，老甄你放心，你只要将文件交给我，我一定会将你们平安送走的。"

我苦笑道："老周，你把整个组织的大部分秘密都告诉我了，你怎么会让我平安离开呢？所以我要你先把我的女儿送上岸，让那个德老师把她送回她妈妈那里，毕竟这一切所有的事情，都和小孩子没关系。我留下，等她们安全到达，我一定会把文件内容都给你的。你这些文件内容，对我来说没有意义。而且你将来怎么做，也和我没关系，就算你要将我灭口，也得等拿到那些文件再说。"

老周不再吭声，想了一会儿，狠狠地把剩下的烟抽完，把烟蒂用力掐灭在烟灰缸里，把"马蜂窝"喊了进来："你把彤彤和那个女孩子送上岸去，给她们钱，让她们离开去机场。"

"马蜂窝"稍微迟疑了一下，但是很快就答应一声，转身出去了。

老周对我说道："你和章玫都是难得的人才。老甄你好好考虑一下，章玫那边我也派人去把她接过来了。"

"马蜂窝"把我带进一个舱内房间，把我锁了起来。我的手机也被搜走了，不过还好，我手上的手表没有被搜走。

我躺在床上，预估着彤彤到达机场的时间，差不多是一个小时。游轮还在行动，船晃晃荡荡的，我连日焦虑疲惫，居然难得地放松了下来。

一个小时后，我看了看舱内房顶的摄像头，假装睡着，趴下身子，蒙起被子。随后将我的手表摘了下来，这块手表是李强专门给我的。在表带内侧，藏了一个需要打开才能使用的GPS定位器。因为平时是关闭的，所以能够躲过专门仪器的检查。我打开定位器，希望这个小小的装备能够把我所在的位置，发送给李强。

半个小时之后，我终于听到了警笛声，我按照李强对我的叮嘱，听到警笛声后，迅速把腰带解了下来。这个腰带也是特质的，外表看起来是皮腰带，但是其实是在涂了防金属探测涂料的精钢链子之外蒙了层牛皮。李强叮嘱我，如果我被反锁在房间里，在他们强攻进来的时候，我从内部把房间锁死，就是对自己最大的保护。我用这个钢制皮带把房门从内部锁死，随后就只能听天由命，等着李强率队控制局面。

从我怀疑老周之后，我和多多单独行动的时候，就把我的麻烦给李强讲过了，那时李强并没有当回事，只是告诉我，他会给相关部门打招呼，在我需要的时候，可以帮助我。但是当我把梁品茹说的"天罚者"组织的情况告诉李强的时候，李强就悄悄地来见我了。"天罚者"早在半年前，就被李强所在的部门盯上，苦于没有线索，现在我这儿有了线索，而且我提供的材料，和他们掌握的情况符合，所以李强和我制订了这样的行动计划。

第五十二章 一网打尽

　　李强要我先配合梁品茹，找到"天罚者"组织成员的资料，他们负责全面监控梁品茹和老周。在得知我女儿再次被老周控制之后，李强要我在见老周的路上，将文件资料给他，随后给了我这两样装备。也就是说，从我到达码头开始，李强就已经派人跟踪保护了。而我为了保证彤彤的安全，故意等了一个小时，才将我的定位发给了李强。因为我也很清楚，李强跟踪我，是车辆陆路跟踪，而老周则把我带上船，我估计我上船之后不久，这艘游轮就会变更船号，甚至船体颜色。而李强要临时调度水上力量，必然会失去我的踪迹。所以我的定位才是至关重要的。

　　虽然老周和这条船上的"拯救者"小队都是退伍军人，战斗力不容小觑，但是面对国家暴力机关的攻击，还是不堪一击。至少有一点，老周他们并没有准备枪支，而李强那边，则在得知嫌疑人都是受过军事训练的退伍军人之后，是带了两百多名特警民警全副武装来执行抓捕任务的。

当然，这一切都是李强派人找到了我被关押的舱门之后，将我解救出来之后告诉我的。李强将我救出之后，我才发现我已经快要进入公海了。看来老周打算拿到文件之后，从海路偷渡离开。

我回到岸上，已经是次日上午，手机恢复了信号，我跟前妻联系，确认彤彤已经安全回家，这才就近找了个酒店，先行休息。

章玫不放心我，叫了个专车，找到我休息的酒店，告诉我，老周和梁品茹都已经被警方带走，多多在整理艾文的遗物，有些涉案的资金证据，都要交回去。多多说等她整理完了艾文的财产遗物，都交给警方之后，再来和我碰面。

我已经困乏得睁不开眼，听章玫说完，我就躺在床上沉沉地睡去了。

一天之后，我和章玫先行离开上海赶回北京，我得先去看女儿彤彤。我对彤彤做了心理测试，确定她没有受到太大伤害和影响，前妻对我照旧冷淡，我确保彤彤安全之后，又买了一套房子，让前妻搬家。

安排好这一切之后，我回到我的窝里。这一段时间，接连历险，疲于奔命，我也是累坏了。我得好好休息几天，什么都不想，什么都不做。章玫则勤快地整理屋子，给我每天更换不同的饭菜，说是帮我补补身体。

一周之后，李强突然给我打电话，要我去他办公室见他。

我到了李强办公室，李强和我也没有客套，对我直接说道："老周和梁品茹在看守所死了。"

我大吃一惊，几乎从椅子上跳了起来，说道："他们怎么可能在戒备森严的看守所里死的？是怎么死的？"

李强示意我先坐下，对我说道："老甄，你先坐下。老周是被看守所的一名犯人突然发狂杀死的；梁品茹是自杀的。

"我之所以把你找过来，一方面是需要你把你知道的所有老周、梁品茹还有'天罚者'的情况前前后后地再给我讲一遍。还有，我们在调查老周和梁品茹死因的时候，发现他们的死亡方式，与艾文、梁品茹两人合谋谋害多人的手法很是相似。

"梁品茹在自杀前，同监室内的嫌犯举报，有人给梁品茹传递过消息，梁品茹就是听了这个消息之后自杀的。而杀死老周的那个犯人，本来是监狱安排专门监视老周的犯人，可是他却突然发难，用毛巾把老周活活勒死了。那名犯人杀死老周之后，也撞碎自己的脑袋自杀了。"

我心中为老周惋惜，虽然我知道老周犯下的罪行，是必死无疑，可是他这样死去，我还是感到痛心。我忍不住感慨命运难测，如果老周没有通过我搅入毒刺的案子，没有见到暴利，没有听到毒刺那蛊惑人心的理论，或许就不会走向歪路，最终害人害己，命丧监狱。

李强递给我根烟，等我抽完，平复一下情绪，这才对我说道："你先给我讲讲你所知道的一切吧。"

我把我所有知道的一切，都再一次详详细细地给李强讲述了一遍。这一讲就是小半天，而且我注意到，李强将我的口供都用录音笔录了下来。

李强等我讲完，这才对我说道："老甄，我是信得过你，才将你请进我的办公室来聊，而不是把你带进询问室。种种迹象表明，那个'天罚者'组织并没有完全消灭，而且还在死灰复燃。

"另外，虽然我们将老周船上的所有人都一网打尽了。但是你和我说的关于整个'天罚者'组织的全部成员资料的文件，是假的。虽然老周提供了密码，可是文件是假的，我们取不出保管在瑞士银行的资料。而要通过法律手段去取，手续烦琐，估计走程序都得一两年。这么久的时间，要是被人捷足先登，那就危险了。

"所以，你再仔细想想，梁品茹从保险柜里取出文件袋之后，都是谁接触过那份文件。所有接触过文件的人都有嫌疑，你也是嫌疑人，只不过我信任你，才叫你来这里谈。"

文件被掉包，老周和梁品茹都死了。当时接触过文件袋的人，就只有四个人，而对文件过手的人，确切地说，就只有三个人。那就是梁品茹、我、还有多多。章玫全程忙于照顾我和盯着梁品茹，并没有触碰过文件袋。梁品茹死了，我不可能去掉包文件袋，那就只可能是多多了。可是为什么是多多？

我想到这点，对李强说道："要说嫌疑最大的人就是多多了。你们有没有监控她？"

李强说道："多多，真名为邵明婕，在将艾文的10亿元资产和遗物上交之后，前天已经出境，从香港转机飞去了新西兰。这也是我们的工作疏忽了，我们见一应嫌疑人都已经落网，关键证物都已经到手，对你们几个被害者并没有怀疑，也是放松了警惕。事情出了之后，我们也第一时间调查了你们三个人的行踪，你和章玫一直在北京，而这个多多则已经离境出国。所以如果有鬼的话，她的嫌疑最大。"

我仔细回想起来，在我们和梁品茹发生冲突，我要争夺那个文件袋的时候，我被梁品茹用膝盖顶到下体，疼倒在地，多多砸晕梁品茹。章玫先来查看我的伤势，然后多多把那个文件袋拿了起来，之后章玫用数据线把梁品茹的手脚都捆了起来。我接过文件袋之后，虽然也简单翻看了下，但是并没有仔细检查。那么就是在这个时候，多多把文件调包的？可是多多怎么知道文件袋的式样，还有文件的样子的呢？

那就只能是从艾文那里得来的，毕竟这些东西，在"劳力士"将保险柜密码告知艾文之后，艾文必然打开过保险柜，查看过文件。那么艾文在查看文件的时候，是否本身就留有备份，被多多得到了，所以多多才能提前准备好假的文件袋，趁机调包。

我把推断讲给李强，李强说道："按照你的口供，多多是最有可能拿走那份真文件的人。那她为什么要杀死老周和梁品茹呢？"

我说道："犯罪动机，有时候反而是很难判断的，我想到两点。第一，梁品茹曾经说过，谁掌握了那份资料，谁就是'天罚者'组织事实上的首领；第二，艾文加入'天罚者'之后，他们下手的猎物，都是有原罪的，而艾文爱上了多多，所以才迟迟不能对多多下手。

"那么也就是说，第一，多多获取'天罚者'的资料，除了获得'天罚者'的巨额公费之外，还能掌控没有被逮捕的成员，而老周和梁品茹死掉，则是对'天罚者'组织最好的保护。毕竟，'马蜂窝'等人，严格来说，都只是打手，并不能对整个组织的暴露起到什么太大的作用。至于多多的原罪，我当时也只是一闪而过，但是百思不得其解。因为老周也曾调查过多多，多多身世清白，经历简单，并没有什么罪过。"

|第五十三章| 过往成谜

"所以，我实在想不透多多到底有什么动机，让她冒着被判死刑的危险如此行动？"我皱起眉头，实在是想不明白多多为什么会这么做。我对李强说完，李强似乎想起了什么，拿起办公电话，命人送了一份卷宗过来。

李强翻看卷宗，却并不递给我看，我知道卷宗查阅的规定，就等李强对我说他能对我说的。李强翻看完卷宗之后，对我说道："老周给你的关于多多的调查资料，最多只能叫背景核查。而且他为了利用你达成对付艾文的目的，有一部分关键内容并没有告诉你。老甄，虽然你逻辑推理能力很强，对犯罪心理的把控也很到位，但是对破案来说，你有个致命的缺点，那就是你对情报和线索的核实，太过懒惰。在这方面，老周的确当得上老刑警，可惜了，他误入歧途，最终落入这个下场。我这么说你能理解吧。"

我点头同意道："我理解你的意思，就是如果我得到的各种线索都是真实有效的，我推断出来的结果会贴近事实本身。但是如果其中有一个线索出了问题，或者被人为隐藏了，我又懒得去亲自调查，所以容易失之毫厘，谬以千里。"

李强给了我一个不成器的眼神，说道："所以说，你也可惜了。不过你现在选的工作也适合你，毕竟在小说故事、网络直播的世界里，所有的人物、场景、线索，都是你自己脑洞里设定的，真假虚实，都只是你自己想出来就可以，并不需要现实查验。

"根据我们的人这几天对多多的各方调查结果，除了老周告诉你的多多的经历之外，还有三点是你不知道的。第一，多多的第一任男友交通意外死亡的时候，他的家人曾经报警，认为死因不明，甚至在当时的立案笔录中，他家人直接提出怀疑多多动了手脚。而且，多多也是靠胎儿继承了死者的一半财产。这种继承财产的方式，在艾文死后，操作手法是一模一样的。第二，就是与多多熟悉的人对多多的评价，有几个女人对多多的评价是，多多看起来清纯，但实际上非常有心计，而且特别贪婪。多多的老师同学对多多的普遍评价则是，多多非常聪明，任何学科的内容都是一学就会。第三，多多并不是完全不懂心理学，在她的消费记录中，有大量的关于心理学书籍和视频课的购买。而且她还参加了国家心理咨询师考试，还考下来了二级证。"

我认真听李强说完，回应李强道："如果多多非常贪婪的话，那么她做出这样的事情来，就有了动机。那就是她想得到那笔公款和'天罚者'组织的力量。我不清楚，这个'天罚者'组织是否在海外也有成员？"

李强说道："老周自己招募的成员，没有海外成员。但是梁品茹则想起来，艾文曾经和她说过，艾文招募过海外成员。所以，在这份资料中，应该是有海外成员的。那么多多潜逃海外，也可以启动这个组织，继续进行'黑吃黑'的谋财害命套路。"

我问道："可是，现在没有足够的证据去对多多进行跨国追捕。"

李强说道："从我的工作角度来说，我已经可以结案了。但是从我的个人角度来说，我相信，多多非常有可能再次联系你。所以当多多联系你的时候，你一定要通知我。"

日子过得飞快，我将老周和梁品茹的骨灰都埋葬在墓地之后，都已经过去了小半年。这半年时间里，多多是真的消失了，再也没有给我发过消息。我继续在直播间讲述着各种探案故事，当然，最吸引人的探案故事还是关于艾文心理操控杀人的。无数的粉丝和我互动，要和我探讨心理操控技术。我本着警醒世人的心态，给各路粉丝讲述了不少如何防范心理操控的方法。

章玫则在北京市延庆区买下了一套临街商铺，三层的，带个小院子。她用了半年的时间，把这套院子装修成我想要的样子，就是满是各种故事类书籍的图书馆样子的咖啡吧。一层二层接待顾客，三层是我和章玫的起居室，院子也装修成了我想要的精致花园。

直到章玫用仪器检测到铺子内的甲醛不再超标了，叫了搬家公司，把我在丰台区租来的那套房子内的杂七杂八都搬了过去。

我在新铺子休息了三天，感觉在这个铺子里，不论是写作，还是直播，都是灵感如泉涌，很是满意。

这一天，我正在直播间展示着我的新铺子的视频，直播间的粉丝纷纷给我出主意，要我给铺子取名为老甄事务所、老甄侦探所、老甄调查所……

突然，直播间一条清冷的女音传了过来："老甄，好久不见。你的新铺子很棒，我建议你取名叫作'老甄故事铺'可好？"

这声音，只属于一个人，那就是多多。这小半年过去，多多居然再次从我的直播间冒了出来。我直播间的不少铁粉，对多多的声音印象很深，也一下子就听出来了这个清冷诱惑的女音正是多多的，纷纷在直播间留言道：

"艾文大案中唯一的女幸存者多多出现了。"

"美女多多，你怎么好久不见了？我们特别想你！"

"多多，老甄是更喜欢你，还是更喜欢章玫呢？"

……

我在直播间对多多说道："多多，好久不见，最近可好？"

多多柔声留言道："我挺好的，除了想你了。"

多多的这句留言刚发完，直播间的粉丝留言立刻就引爆了：

"天啊，我们在直播间，听到女神多多表白了。"

"那章玫怎么办？"

"在一起，在一起，在一起。"

……

我将其他留言清屏，给多多的留言设置了特别待遇。这样，能保证多多的留言不被错过。

多多道："也许我做过许多错事，但是我对你的感觉，却不能骗过自己。我以为我远离了你，就能把你忘记，但是夜深人静的时候，我却总会回想关于你的事情。老甄，你还好吧？"

我回答道："我很好，买下了自己的铺子，搬到了风景秀美的郊区，'老甄故事铺'这个名字有种接地气的诗意。谢谢你的名字，明天我就定一幅牌匾，挂在铺子门口，'老甄故事铺'就可以开张了。"

多多道："老甄，你说，一个人贪心，是不是也是病呢？"

我回答道："贪心，当然是病，古今中外，各种宗教，都把贪婪看作罪过。你看法律中的罪行，贪污公款，也有个'贪'字。"

多多道："可是，如果一个女人，真的爱上了一个男人，她也会舍得把她所有的一切都放弃。如果，贪心是一种病的话，那么爱情，是不是就是绝症？"

我沉默了好一阵子，对多多回复道："那要看，你爱的这个男人，是希望他好好的，还是希望占有他？"

多多道："爱情都是有占有欲的，甚至都是独占的，要排他的。我爱一个男人，是希望好好地占有他。"

我不知该怎么回答多多这热辣的情话，在摄像头前，僵了一阵子。

多多笑道："老甄居然脸红了，我以为三十八岁的男人不会再脸红了。既然老甄的'老甄故事铺'要开张了，那么我就先给'老甄故事铺'贡献一个故事吧。"

第五十四章 | 何为真相

　　"这个事情要从一个少女讲起，这个少女，我们就叫她少少吧。因为她小的时候，家遭剧变，突然之间，原有的一切什么都没有了。所以少少过了一阵子很窘迫的生活。虽然少少明媚漂亮，但是她却没有漂亮衣服，戴不上漂亮首饰。而她遇到的不少女同学，都因为妒忌她的美貌，而故意拿她经济上的窘迫来嘲讽她，打击她。

　　"日子总是过得飞快，少少也长成了个大姑娘了。十八岁的少少，青春靓丽，再加上天生丽质，吸引着无数的男人追求。也正是这样，少少也受到了更多的来自于同学邻居的敌意。在这样的环境之下，少少就暗自发誓，既然你看不起我，既然你要给我泼污水，那么我就一定要活成你高攀不起，甚至都想象不到的样子。让你无可奈何，让你羡慕嫉妒恨。

"于是少少就开始努力获得自己想要的一切。大房子、好车子、时装名表。这一切都需要大量的金钱来满足。少少自身很努力，成绩很好。她毕业的时候已经签了高薪工作。就在她天真地以为，她可以靠努力工作，去赚取自己想要的一切的时候，她却发现，在职场中的所有男人，想要得到的并不是她的学识能力，而是她美丽的肉体。

　　"红颜祸水，红颜惹祸。也许这个祸患并不是红颜带给男人的，而是男人带给红颜的。在少少的职场生涯中，不管是公司内部的上司同事，还是公司外部的甲方乙方，不论是未婚的适龄青年，还是已婚的猥琐大叔，有各种各样想把少少弄上床的男人。

　　"少少虽然贪心，但是渴望更多的是真挚的爱情和爱人。少少虽然聪慧，可是终归还是因为社会经验不足，对人心险恶的认知不足，所以最终在一次公司团建中，被几个男同事灌多了酒，或者说是在酒中下了迷药。在那一次，少少不但被三个男人轮流侮辱，而且还被拍下了视频照片威胁。

　　"第一次被社会毒打，就让少少痛不欲生。正在这个时候，少少遇到了一个男人，这个男人疼惜她，爱护她，把她从抑郁的阴影中拯救了出来。少少本来以为自己遇到了真心爱人，可以幸福地和这个男人结婚，但是少少没想到，那个男人真正想要的不是爱人，不是妻子，而是性奴，是匍匐在他脚下的一条母狗。他不断地用少少曾被轮奸的经历来给少少洗脑，要少少相信自己是下贱的，是肮脏的，而只有他是能保护少少的，他要让少少相信，如果他不要少少，少少在这个尘世间，就没有存在的意义了。这个男人成功了，他用了三年多的时间，让少少成为他的一只母狗，甚至，他还用少少的身体去交换利益。少少都像完成任务一样去做了。少少愿意做这一切的背后，是源自对这个男人的心理依赖，畸形的心理依赖。直到，少少发现当初轮奸自己的那三个男人，是这个她认为可靠的主人安排的之后，少少痛彻心扉，痛过之后，少少决定复仇。

"少少是个聪明的女人，她不但要杀死这个男人，还要获得他的财富。因为不少财富，其实是少少用身体换来的合作赚到的。那个男人不可能主动赠予少少，甚至那个男人对财富看管甚严，绝对不允许少少经济独立。而且那个男人，也绝对不肯娶少少，所以少少要想获得男人的财富，就只有一个方法，那就是胎儿代位继承。少少为了男人，一直在服用避孕药。在少少做好准备之后，就悄悄地停用了药物。

"一个月后，少少怀孕了，少说又等了两个月，等到胎儿可以通过羊水穿刺检验DNA之后，那个男人成功地出了车祸意外死了。少少通过腹内胎儿代位继承，继承了男人一半的身家。虽然男人的家人找过少少麻烦，可是这时的少少已经不是当年任人欺侮的少少了。少少成功诱惑了一个大律师，并且打赢了官司。

"少少已经三十岁了，这个时候，第二个重要的男人走进了少少的人生中，这个男人是如此喜欢少少，甚至将自己参加的一个神秘组织的秘密都告诉了少少，而且也告诉少少，他接近少少，就是为了要得到她的钱，甚至还要杀死她。可是他不舍得杀死少少，所以这个男人决定，为了少少，要毁掉这个组织。他挑起了组织首领的怀疑，让组织内的另一个重要合伙人被杀，而在组织首领也要杀死他的时候，他终于查明了组织首领的真实身份。为了拿到组织首领保存的那三分之一的密码，这个男人和少少合演了一出反目成仇的戏码。少少出面，去请求那个组织首领帮忙，当然，那是因为组织首领在日常生活中的伪装身份是个私家侦探。

"为了看起来更加自然，少少设计了一整套接近的理由、自身人设，还有真实的民国宝藏线索。可是人生命运，总是如此神奇，少少本来是为了和第二个男人长相厮守，但是她却因为和这个组织首领的接触，遇到了让她一见到就不能忘怀的男人老甄。于是少少和组织首领、老甄等人，共同对付自己的第二个男人，但是也帮助第二个男人，想办法杀死组织首领。可是在这一系列的调查过程中，老甄居然带领他们真的找到了少少和第二个男人本来并不相信的真正存在的宝藏。而且老甄身上，有着不同于其他男人的品质，他不贪婪。

"组织首领为了对付少少的第二个男人，少少的第二个男人也要对付组织首领，因此他们的计划在一条老街碰撞了，结果少少的第二个男人死了。少少感觉到了危险，再次通过胎儿代位继承，拿到了一大笔钱，本想就此远遁他乡，但是老甄的女儿却因为她被人绑架了。

"少少想来想去，认为所有钱都可以放弃，但是不能让老甄伤心难过。所以她决定尽她所有，去帮助老甄。但是却没想到，自己的第二个男人还保管着这个组织的公费和成员名录。

"少少的贪心又起来了。少少看着组织首领和绑架老甄女儿的坏女人各施巧计，为了拿到那笔巨额公款，还有组织成员资料。终于，让少少有了机会，少少拿到了关键的文件。就这样，少少终于拿到了那笔巨款，远走异国。可是少少却不能忘怀老甄，所以，冒着风险，也要联系他。"

我听完之后，对多多说道："这真是个好故事，可是有个关键问题，那就是少少是怎么知道组织首领掌握的密码的？"

多多给我留言道："老甄，这只是个故事啊，不要对号入座。至于具体怎么知道组织首领掌握的密码的，那就是另外一个故事了，不过我可以提示你，男人在想要得到的女人面前，是藏不住任何秘密的。"

（全文完）